外國文學珍品系列 4

在星空之間

費特詩選

費特◎著
谷羽◎譯

《外國文學珍品系列》
出版前言

前蘇聯詩人阿赫瑪托娃（1889-1966）有一首短詩，談到詩人這一行業，說：

我們的神聖行業

歷史久長……

世界有了它，沒有光也明亮

這裡的詩，可以擴大其意義，指所有的文學。表面看起來，文學是最沒有實用價值的，然而，奇怪的是，自古至今所有的文明，都產生了「文學」這種奇怪的東西。最近一百多年，有了電影、有了電腦，不少人斷言，文學終將滅亡。但是，文學是不可取代的，也是不會滅亡的，除非人類也滅亡了。原因就正如阿赫瑪托娃所說的，只要有了文學，黑暗的世界也會變得明亮。

現在這個世界，充滿了功利，金錢可以衡量一切。為了金錢，人們你爭我奪，世界充滿了仇恨；因為仇恨，世界到處看到鬥爭與戰爭，人類生命破碎不堪。這個時候就需要文學。文學也許不能改變世界，但文學可以讓某一些人的人生變得更完整、更明亮，文學至少可以拯救某一些人。

文學的寶藏是無法估價的，可以毫不誇張的說，它的蘊藏量遠遠超過世界上所有的石油，說得上取之不盡，用之不竭。我們常常用「世界文學名著」這樣的概念來提供閱讀書單，這恰恰限制了我們對文學的欣

賞。數不盡的優秀的文學作品，對數不盡的心靈有所需求的人開放，就看我們有沒有機會碰上。

我們只能盡一點小小的力量，提供一些也許會讓你產生強烈共鳴的作品。這些作品，台灣很少看到，或者幾乎看不到，但可以保証，這些都是一流的作品，翻譯也是一流的翻譯。這是一個很特異的小型圖書館，希望你可以在裡面找到你喜歡的東西，甚至找到你意想不到的心靈的寄託。

目　錄

80 年代

序

呂正惠

　　費特和屠格涅夫、托爾斯泰同樣出身於貴族家庭。費特比屠格涅夫小兩歲，比托爾斯泰大八歲。屠格涅夫和托爾斯泰長期不和，卻都和費特要好，兩人之間有時還要透過費特互通訊息。屠格涅夫和托爾斯泰都喜歡費特的爲人，也都欣賞費特的詩才。

　　費特只寫詩，很少寫小說；屠格涅夫寫詩，又寫小說；托爾斯泰只寫小說，不寫詩。其實三個人都賦有詩才，屠格涅夫和托爾斯泰的小說常常具有強烈的詩意。1860 年以後，平民知識分子興起，他們不喜歡貴族出身的文化人，他們傾向於激進改革和革命，強調文學、藝術的社會功能，講究實用，不喜歡貴族孤芳自賞。他們稱讚屠格涅夫和托爾斯泰的小說，厭惡費特只會歌詠大自然和愛情，不知民間疾苦。在很長的時期裡，費特詩名不盛，只有一小圈人知道他，其中，屠格涅夫和托爾斯泰是主要的稱頌者。

　　1890 年以後，象徵派興起，詩歌在俄羅斯文學中重獲主流地位，費特的價值才眞正得到承認，從此以後，他成爲和普希金、萊蒙托夫、丘特切夫、涅克拉索夫並列的大詩人。

　　我從文學史上知道以上的事情，卻從未讀過費特的詩。在瘋狂買大陸書的時期，我曾經買到一本薄薄的費特詩選，卻因爲買書太多，連翻都沒翻過，如今也不知道放到哪裡，無法尋找了。2008 年我認識了谷羽

先生，他談到，他也譯了一本費特詩選，至今尚未出版。我還想讀費特，他印了一份給我，我約略讀了二、三十首，覺得費特的詩很有魅力，決心出這本譯詩集。

讀了費特的詩，才最終了解，爲什麼屠格涅夫和托爾斯泰會喜歡他的詩。他們三人都喜歡大自然，對大自然的美都具有一種超人一等的掌握能力。我們看費特這一首〈夜晚寧靜〉：

夜晚寧靜，閃爍星光，
天空中的圓月忽明忽暗；
美麗的雙唇甘甜芳香，
在星光閃爍的安謐夜晚。

我的美人，月色皎潔，
我怎樣才能夠一掃憂煩？
你滿懷愛心光彩四射，
在星光閃爍的安謐夜晚。（本書 14 頁）

在這裡，迷人的月色和對愛情的懷想緊密連結起來，而所謂的愛情，並不只限於男女兩人的男歡女愛，是對於美好未來的嚮往，是對於希望與夢想的追求。大自然的美，蘊含了愛情、希望和夢想，蘊含了人所希冀的美好的一切。大自然的美，引發了人對一切美的追尋，大自然的美，是眞、善、美的總源頭。這是費特、屠格涅夫、托爾斯泰共同的美學原則。再看〈我等待〉：

我等待……河水銀光熠熠，
傳送來夜鶯鳴囀的回聲，
月下的草葉綴滿了鑽石，
艾蒿上有亮晶晶的螢火蟲。

我等待……藍幽幽的夜空，
撒滿了大大小小的星，
我聽見心兒怦怦直跳，
只覺得渾身上下簌簌顫動。

我等待……忽然南風吹來，
心裡溫暖，我走走停停；
一顆明亮的星墜落天外……
再見吧，再見，金色的星！（本書 17 頁）

　　大自然的美讓我們等待，讓我們希冀，讓我們追求。沒有這種追求，
人生就沒有什麼色彩和光明。像這樣的感受，我常常在屠格涅夫和托爾
斯泰的小說片段中讀到。

　　大自然的美除了引發我們對於美好的追尋外，還引發我們沈思，沈
思人生的真諦。費特有一首詩我很喜歡，題目叫〈我久久佇立〉：

我久久佇立一動不動，
目不轉睛凝視遙遠的星──
於是在星斗和我之間，

冥冥中產生了某種關聯。

當時的遐想已無印象，
我只顧聆聽曼妙的合唱，
空中的星星微微顫動，
從那時我熱愛天上的星……（本書 26 頁）

我們和大自然「冥冥中」有某種關聯，我們說不清這是一種什麼關聯，但由於意識到這種關聯，我們覺得自我已溢出了「我」之外，和一個更大的、不可說的東西冥合為一，為此我們得到一種安慰。我推測，是費特這種泛神論色彩，引發了象徵派詩人的讚許（本書中的第 36 首是這首詩的重譯，我沒有刪掉，兩者可以互相比較；又，第 118 首也可參看）。

費特還有一首〈躺在牧場的草垛上〉，我也很喜歡：

南方之夜。仰面朝天，
我躺在牧場的草垛上，
四面八方有音流抖顫，
那是天體生動的合唱。

大地如同渾濁的啞夢，
失去了分量不斷下沈，
一個人獨自面對夜空，
我恰似天堂首位居民。

是星斗成群向我飛翔，

還是我墜落午夜深淵？

恍惚覺得有一隻巨掌

把我抓住，凌空倒懸。（本書 75 頁）

我曾經半夜躺在山頂上，滿天星斗的夜空籠罩著我，那種感覺眞是難以形容。費特說，「一個人獨自面對夜空，我恰似天堂首位居民」，我也有那種「至福」之感。

所謂現代文明，其實就是城市文明，城市文明不但讓我們遠離大自然，還不斷的破壞大自然。從小在城市中長大的小孩，或者遺忘了小時候接觸的大自然的成年人，是否保留了對自然美的欣賞能力，不能不使人懷疑。不能欣賞大自然的美，還能夠想像一切的美嗎？這也使人懷疑。

因此，費特是值得一讀的。

2011 年 9 月 8 日

陰影、星光、霞光、燈光

—— 俄羅斯純藝術派詩人費特的詩路歷程

谷羽

　　一個半世紀之前，1856 年俄羅斯《祖國紀事》雜誌第五期第三十七頁刊登了一首題爲《影》的詩歌譯文：

> 塔的影子落在所有的台階，
> 無論怎麼掃也掃不乾淨，
> 太陽還來不及收起這影子，
> 月亮又照出了塔的陰影。

　　原來這裡翻譯的是我國宋代大詩人蘇軾的七言絕句《花影》，漢語原文是：

> 重重疊疊上瑤台，幾度呼童掃不開。
> 剛被太陽收拾去，卻教明月送將來。

　　把這首詩譯成俄語的是純藝術派詩人阿方納西·阿方納西耶維奇·費特（1820-1892）。詩人不懂漢語，他是依據德文轉譯的。「花影」譯成了「塔影」，究竟是德文譯者的筆誤，還是俄羅斯詩人費特的誤解，現在已無從考證。值得指出的是，據說這是俄國刊物上正式發表的第一

首漢語詩歌的譯文。

「花影」也好，「塔影」也罷，終歸都是陰影，象徵著心理感受到的沉重與無奈。為什麼這掃不乾淨的陰影引起了詩人費特的關注呢？這個問題倒值得思考。其實，詩人費特心裡確實存在一些難以清除的陰影，其中有身世造成的陰影，有戀愛產生的陰影，也有社會經歷留下的陰影。

阿方納西‧申欣是個俄羅斯貴族地主，他在四十四歲的時候去德國旅遊療養，其間認識了二十二歲的夏綠蒂‧菲奧特。這個俄國男人不知施展了什麼樣的魔法，居然讓德國少婦瘋狂地愛上了他。夏綠蒂撇下了她的女兒和丈夫，跟申欣私奔逃回了俄國，不久之後她生了個男孩兒，起名也叫阿方納西。這一對男女兩年後才在教堂正式結婚。孩子長到十四歲時，不料，教會出面干涉，認為他是父母正式結婚前出生的，屬於私生子，不能姓申欣這個姓，也不能繼承貴族身份與特權。十四歲的少年，怎麼能承受這樣的打擊呢？他的心裡自然留下了濃重的陰影。

可憐無助的少年，只好使用母親的姓氏菲奧特。他先是在一所德語寄宿學校讀書，十八歲進入莫斯科大學語文系，上中學期間就開始寫詩，讀大學時不僅寫詩，還開始翻譯詩歌。他的德語和俄語一樣好，他把歌德、海涅的抒情詩翻譯成俄語，得到好朋友波隆斯基、戈利高里耶夫等人的讚賞。二十歲時出版了第一本詩集，在俄羅斯詩壇嶄露頭角。他寫的抒情詩《黎明時你不要把她叫醒……》、《含愁的白樺》、《求你不要離開我……》、《我來看望你……》等等，不僅受到一般讀者的好評，而且引起了作曲家的關注，他們開始為這位年輕詩人的作品譜曲，就連著名評論家別林斯基也讚賞費特的才華。

身在校園的詩人給報刊投稿，起初署名為「阿‧菲」或「菲奧特」，不料有一次編輯部給他改成了「費特」，他索性就用「費特」做了自己

的筆名和姓氏。可是在他內心深處，最想使用的姓氏仍然是——申欣，因爲那是被剝奪的姓，是屬於貴族身份的象徵。怎麼樣才能失而復得，名正言順地使用「申欣」這個姓，怎麼樣才能重新得到貴族身份，成了這個年輕詩人的一塊心病。

大學畢業時，他已經是名滿京都的詩人了，照一般人看來他會留在莫斯科，進入文學界，或者謀個官差，業餘寫詩。出乎所有人的意料，費特離開了莫斯科，他參軍服役，跟隨一個騎兵團到了遙遠的俄國南方赫爾松省，部隊的營地就駐紮在鄉下。他下決心投筆從戎走這條艱苦的道路，唯一的目的就是想在軍隊中得到升遷，最終贏得貴族稱號。可是人算不如天算，他在軍隊中服役十年，不僅沒有達到取得貴族身份的目的，反而遭遇了另一次重大挫折，心靈又一次被陰影籠罩。

費特在南方鄉村遇到了少女瑪麗婭·拉季綺，她是個小地主的女兒，容貌秀麗，文靜嫻雅，喜歡文學和詩歌，還彈得一手好鋼琴。費特最愛聽她彈奏李斯特的樂曲。鄉下生活單調枯燥，能欣賞悠揚的鋼琴曲，實在是難得的精神享受。拉季綺愛上了有才華的費特，費特也從心裡喜愛拉季綺。

可是究竟要不要娶這個姑娘爲妻，費特十分猶豫，一方面他覺得還沒有能力結婚成家，另一方面，心裡還有說不出口的盤算，除了那個貴族頭銜的遠大目標，他還指望未來的妻子能給他帶來豐厚的陪嫁。就在他左右爲難、進退失據的日子裡，拉季綺家裡發生了一場火災，姑娘葬身火海，這給費特留下了終生的懊悔與愧疚。《往日情書》、《另一個我》、《你身陷火海……》、《當你默默誦讀……》等詩篇，都是費特懷念拉季綺的傷心之作。「烈火」成了詩人幾十年揮之不去的情結，他晚年的詩集《黃昏燈光》裡仍然有不少作品描寫初戀的少女，抒發痛愛

交織的複雜心情。

費特三十三歲的時候，由於部隊換防，來到了彼得堡附近，從此又有機會跟首都文學界的人士接觸交往，詩人屠格涅夫、涅克拉索夫，作家列夫‧托爾斯泰，評論家鮑特金等人都成了他的好朋友。《現代人》雜誌經常刊登他的詩歌作品，格林卡、柴可夫斯基等作曲家紛紛為他的抒情詩譜曲。他翻譯的海涅的《美人魚》，先後有十四位作曲家譜曲，他創作的《耳語，怯生生的呼吸……》也有十一位作家譜曲，這從一個側面說明了費特詩歌的魅力。用薩爾蒂科夫—謝德林的話說：「整個俄羅斯都在傳唱費特的浪漫曲」。

費特被稱為純藝術派的代表性詩人，屬於這一流派的還有阿‧托爾斯泰（1817-1875）、波隆斯基（1819-1898）、邁科夫（1821-1897）和梅伊（1922-1862）等為數不多的詩人。他們的創作題材側重歌頌愛情、友情、親情、鄉情，描寫自然風光，注重詩歌的形式和音樂性，在詩行結構、詩節安排、節奏韻律以及語言運用方面，推陳出新，形成了獨特的風格，彰顯出不同流俗的藝術個性。

詩人費特尤其擅長捕捉自然界光與影的微妙變化，善於把握稍縱即逝的瞬間感受。他的抒情詩情景交融，描繪春天和早晨清新喜悅的情感，描寫夜色、星光、月光下人物的感受尤為出色。《景色清幽……》、《耳語，怯生生的呼吸……》、《這清晨……》等抒情詩，有意不使用動詞，採用意象疊加的手法，新穎別致。《給唱歌的少女》，採用通感手法，化虛為實，把聽覺形象轉化為視覺形象，受到柴可夫斯基的高度讚賞。費特說過：「藝術創作的目的就是追求美！」因此被冠以「唯美主義」的頭銜，又稱為純藝術派。

1857年7月9日，托爾斯泰給評論家鮑特金寫信談到了費特的詩《又

一個五月之夜》。他說：「費特的詩美極了。像這樣的詩句：『空中，尾隨著夜鶯婉轉的歌聲，到處傳播著焦灼，洋溢著愛情。』眞是美的極致！像這樣大膽而奇妙的抒情筆法，只能屬於偉大的詩人，這個好心腸的胖軍官從哪兒來的這種本領呢？」細想詩人費特的性格，實在是充滿了矛盾。一方面他是才思橫溢的詩人，另一方面是肥胖的軍官，是功於算計的地主。大概他的激情與詩意源自母親的遺傳，而他的精明盤算則受到了父親申欣的影響。

　　十九世紀四十年代後期到五十年代，是純藝術派非常風光的一個階段。十年河東，十年河西。進入六十年代以後，伴隨著俄羅斯自上而下廢除農奴制，社會進入一個動盪變革的時期，平民知識份子走上歷史舞台，抗議社會黑暗與不公，以涅克拉索夫爲代表的公民詩派掌握了詩壇的主導權，處於主流地位。費特的純藝術詩歌逐漸邊緣化，遭受非議與冷落，他出版的詩集無人問津，甚至被批評家皮薩列夫嘲諷，挖苦說只配做糊牆壁紙的趁紙使用。創作連續遭遇打擊，自然給費特帶來了心理上又一層陰影。

　　費特三十七歲的時候，娶了批評家鮑特金的妹妹瑪利婭爲妻，雖然她相貌平平，也缺乏藝術氣質，而且還是再婚，可她的父親是經營茶葉的大富商，給女兒的嫁妝十分豐厚，從而大大改善了費特的經濟狀況。他購置了田莊、土地，成了名副其實的地主。詩歌創作越來越少，心思集中在種燕麥、修磨房，建養馬場等雜務事上。同時他還擔任了民事調解法官，偶有閒暇時間，就閱讀叔本華的哲學著作。原來詩歌界的朋友幾乎斷絕了來往，只有列夫・托爾斯泰跟他保持聯繫。他有時去離圖拉城不遠的雅斯納亞・波良納莊園做客，托爾斯泰把費特看成知心朋友，有一年還親手做了一雙高筒皮靴送給他，這讓費特感動不已。

　　到了 1873 年，五十三歲的費特，時來運轉，經過沙皇特批恩准，終於獲得了貴族稱號，並得以重新使用「申欣」這個姓氏。為了報答沙皇的恩寵，他不顧年事已高，居然申請當了宮廷侍從，就像當年普希金當宮廷侍從一樣，引起了許多文人志士的嘲笑。

　　進入八十年代以後，費特又重提詩筆，恢復了詩歌創作，依然保持了旺盛的創作熱情與活力，他晚年出版的三本詩集均以《黃昏燈光》為標題。

　　綜觀詩人費特一生的創作，有個十分有趣的現象，社會生活相對平穩的時期，他的詩歌多受到肯定與好評，而社會動盪變革時期，他的作品便備受冷落，這一規律一直延續了很久。十九世紀與二十世紀交界的白銀時代，俄羅斯一些詩人如巴爾蒙特、布留索夫、勃洛克，都推崇費特是象徵派先驅，讚揚他藝術探索的勇氣；十月革命後，費特詩歌再次被打入冷宮，直到二十世紀五十年代後期才重新恢復名譽。八十年代俄羅斯人已把費特視為俄羅斯詩壇十傑之一，在詩歌史上佔有了一席重要地位。經過世代風雨的沖刷，純藝術派詩人費特終於得到了應有的歷史評價。儘管終其一生詩人心裡累積了重重疊疊的陰影，但是他欣賞月光、星光，讚美晨光、霞光，晚年還點燃了柔和的「燈光」，他留給後人的作品，光明多於陰影，不愧為愛與美的結晶。

2010 年 9 月 7 日

於南開大學龍興里

40 年代

1　燕子

我喜歡駐足觀望，
看燕子展翅飛翔，
忽然間疾速向上，
或像箭掠過池塘。

這恰似青春年少！
總渴望飛上九霄，
千萬別離開土地，——
這大地無限美好！

1840

2　向世界放飛我的幻想……

向世界放飛我的幻想，
沉湎於甜蜜的希望之波，

或許，美人兒明眸閃爍，

會偷偷含笑瀏覽詩行；

或許，為相思煎熬的人，

捧讀樸素無華的詩句，

領悟隱痛，自有靈犀，

能夠理解這顆激動的心。

1840

3 傍晚的歌聲
——懷念科茲洛夫[1]

那曾是幻想還是做夢？

我聽見了傍晚的歌聲；

背靠山丘，面臨江河，

有座被人遺忘的村舍，

沉重的思緒翻滾起伏，

心情壓抑，令人痛苦。

---

1 科茲洛夫（1779-1840），俄羅斯盲詩人。他曾寫過一首抒情詩，題為《傍晚的歌聲》。

房舍空空，主人何在？
盲詩人遠遊再不歸來！
沒有忘記自己的家鄉，
他的憂傷甜蜜而響亮。
他睡了，傍晚的歌聲
也難驚擾他深沉的夢。

啊！人世疾苦的歌者，
你還在人們心中活著！
我這樣想，我的頭頂，
廣漠無垠的寥廓太空，
傳來呻吟聲憂傷凄涼，
我把傍晚的歌聲吟唱。

1840

4　囚犯

每走一步都嘩啦啦作響，
手銬和腳鐐伴隨著你，

一步步走向荒涼的邊疆，──
回不來了，可憐的兄弟！

死一般的鎮定刻在臉上，
目光冷峻，也許你願意
離開你所厭惡的地方？
祈禱吧，可憐的兄弟！

1840

5　黎明時你不要把她叫醒⋯⋯

黎明時你不要把她叫醒，
霞光裡她睡得那樣香甜；
胸脯呼吸著清晨的氣息，
雙腮的笑靨嫵媚又鮮艷。

頭下的靠枕散發出溫熱，
疲倦後的睡眠分外沉酣，
烏黑的髮辮像條條絲縧，
從兩側滑落在她的雙肩。

要知道在昨天黃昏以後，
很久很久她倚坐在窗前，
凝望著皎潔的一輪明月，
飄飄然穿行在浮雲之間。

她一心一意想透過黑暗，
諦聽出夜鶯在何處鳴囀，
她的心怦怦跳懸在半天，
忽而落在了喧響的花園。

月亮的銀輝越來越明媚，
夜鶯的歌聲越來越委婉，
她的臉色卻越來越蒼白，
一顆心越發痛苦得發顫。

因此晨光照耀她的胸脯，
火焰一般映紅了她的臉。
你不要叫醒她，不要叫，
霞光裡她睡得那樣香甜。

1842

6　我的溫蒂娜 1

她像魚兒

一樣活潑；

她的話語，

俏皮柔和；

時時準備

說笑戲謔，

恰似泉水

噴湧不絕……

她比溪水

還要清純，

她比朝霧

神秘三分；

稍嫌乖戾，

略帶慵倦，

然而可愛，

令人讚歎！

1842

1　溫蒂娜，為神話中的水妖，常以美女形象出現，用悦耳的歌聲誘人入水。

7 我瞭解你……

我瞭解你呀，小寶貝，
夜晚有月光不用擔心：
到早晨我看見雪地上，
皮靴留下的輕輕腳印。

真的，圓月閃爍銀光，
夜晚寒冷，寂靜明亮；
真的，並非無緣無故，
你離開房間離開睡床：

萬千鑽石在月下輝映，
鑽石萬千懸掛在天上，
萬千鑽石閃爍在枝頭，
鑽石萬千映照著雪光。

可我擔心，我的寶貝，
怕夜的精靈刮起旋風，

會埋沒你走過的小徑，

吹迷了足跡再無蹤影。

1842

8 北國的早晨

北國的早晨朦朧中散發幽光，

正懶洋洋注視著小小的天窗；

爐火劈啪作響，煙像灰色毛毯，

在帶馬頭的屋脊上空輕輕舒捲。

公雞忙碌，翻刨塵土引頸長鳴，

長鬍子爺爺站在門口老態龍鍾，

喘息著畫十字，然後手抓門環，

向他迎面飄灑的是潔白的雪片。

時過中午。天啊，我多麼喜愛

馬車夫吆喝三駕馬車跑得飛快，

奔馳，消失……我在寂靜之中，

彷彿仍能聽見經久不息的鈴聲。

1842

9　含愁的白樺

一棵含愁的白樺，
佇立我的窗前，
脾氣古怪的嚴寒，
為它梳妝打扮。

宛若一串串葡萄，
樹枝梢頭高懸；
披一身銀色素袍，
入目端莊美觀。

我愛看霞光輝耀，
將這白樺暈染，
真不忍飛來雀鳥，
搖落一樹明艷。

1842

10　我記得……

我記得：耶誕節之夜，
我那上了年紀的保姆，
點燃閃閃發光的蠟燭，
用紙牌爲我算命占卜。

一付紙牌算出了結果：
受人尊敬，有財有福。
保姆呀保姆！算錯啦！
你弄混了紙牌的數目。

可是我確實非常喜歡，
雖然明知這於事無補……
現在又是耶誕節之夜，
爲我占卜吧，老保姆！

算算能不能如期見面？
能否團聚？有無家書？

黑桃皇后會不會到手？

紅方塊究竟是不是主？

好心的保姆低下頭來，

滿懷憂愁地算命占卜，

我的一顆心怦怦直跳，

面對光線柔和的蠟燭。

1842

11　我思緒紛紜……

我思緒紛紜，當閉上雙眼，

傾聽白晝降臨，

傾聽剛剛萌生的希望之音；

我的思緒紛紜。

總把你陪伴，當一隻纖手

向我傾訴依戀——

整天，無論晴朗或霧氣彌漫，

我總把你陪伴。

仰望圓月在高空亮得出奇，

靜靜流瀉銀輝，

你在哪裏？噴泉都在親吻 ——

脈脈柔情似水！

1842

12　景色清幽……

景色清幽奇絕，

令我倍感親切：

茫茫平原曠野，

皎皎一輪明月。

夜空寧靜崇高，

晶瑩雪光閃爍，

遠方孤獨雪橇，

匆匆一掠而過。

1842

13　十字路口⋯⋯

十字路口，一棵爆竹柳
　　站著在打瞌睡⋯⋯
一道籬笆，柵欄門破舊，
　　開門聲音輕微。

有個人悄悄躲在一邊，
　　雪橇疾速飛馳──
忽然間聽到高聲吶喊：
　　「你叫什麼名字？」

1842

14　求你不要離開我⋯⋯

求你不要離開我，
請把我陪伴，我的愛！
求你不要離開我，
你在身邊，無比歡快⋯⋯

世上再也沒有人
能比我們兩個更親近；
我們倆也不可能
愛得更熾熱、更單純。

你若是在我面前，
心情憂傷，垂下頭來，——
我依然覺得喜歡，
求求你，千萬別離開！

1842

15　夜晚寧靜……

夜晚寧靜，閃爍星光，
天空中的圓月忽明忽暗；
美麗的雙唇甘甜芳香，
在星光閃爍的安謐夜晚。

我的美人，月色皎潔，

我怎樣才能夠一掃憂煩？

你滿懷愛心光彩四射，

在星光閃爍的安謐夜晚。

我的美人，星星可愛──

但是我卻擺脫不了憂煩……

你更可愛，我心澎湃，

在星光閃爍的安謐夜晚。

1842

16　當我親吻你……

當我親吻你捲曲閃光的髮綹，

熱切呼吸，依傍可愛的乳峰，──

你何苦又提起另一個少女？

為什麼不敢直視我的眼睛？

臨近黃昏，但你不必驚恐，

天冷，我的大衣能將你包裹，

雲未遮月，夜空有很多星，

但我和你只仰望其中的一顆。

縱然你不信，信也只信一瞬，
你該理解這傾訴、目光和心跳，
讓熱烈的吻把猜忌燒成灰燼，
嫉妒的姑娘，請把我緊緊擁抱！

1842

17 風暴呼嘯……

在林莽漫漫的窮鄉僻壤，
風暴呼嘯，夜半更深。
劈柴在火爐裡嗶剝作響，
我和她坐著挨得很近。

兩個人的黑影拖在地板，
地上暗紅，影子龐大。
我們沒辦法驅散黑暗，
心裡閃不出歡樂的火花！

牆外的白樺如泣如訴，
松脂滴落，而樅樹爆裂，
我的心事我早就清楚，
朋友，請問你想些什麼？

1842

18　我等待……

我等待……河水銀光熠熠，
傳送來夜鶯鳴囀的回聲，
月下的草葉綴滿了鑽石，
艾蒿上有亮晶晶的螢火蟲。

我等待……藍幽幽的夜空，
撒滿了大大小小的星，
我聽見心兒怦怦直跳，
只覺得渾身上下簌簌顫動。

我等待……忽然南風吹來，
心裡溫暖，我走走停停；

一顆明亮的星墜落天外……

再見吧，再見，金色的星！

1842

19　你好呀，夜晚！……

你好呀，夜晚！我向你問候千遍。

我愛你，愛你呀，懷著無限依戀，

你悄然無聲，你格外溫馨，

夜幕鑲了花邊，月色如銀！

輕輕吹滅了蠟燭，小心走到窗前，

無人看見我，我卻什麼都看得見……

我等候，一定要等到那個時辰，

吱扭一聲，有人推開了籬笆門，

花枝搖晃，花香濃郁經久不散，

月光下，久久閃爍著一襲披肩。

1842

20　渾身發熱……

渾身發熱紅潤了雙腮，
貂皮外衣被霜雪覆蓋，
鼻孔裡呼出白色哈氣，
飄如薄紗，輕似霧藹。

倔強的髮絡受到嚴懲，
十六歲就被染成銀白……
我們是否該結束滑冰，
壁爐燈光在家中等待。

我們能不能通宵達旦
盡情傾訴，談情說愛？……
而玻璃窗上冰花顯現，
嚴寒的畫筆分外精彩！

1842

21 松樹烏黑……

松樹烏黑，雖有月牙兒
透過長長的樹枝觀望，
你，忽而瞌睡忽而清醒，
水磨喧響，夜鶯歌唱，

忽而是晚風無聲親吻，
忽而飄來紫羅蘭的幽香，
忽而午夜的旋風呼嘯，
忽而寒冷的遠方在閃光。

睡眼惺忪，甜蜜又惆悵，
是夢境斷送了我的希望。
我的天使，遠方的天使，
愛在我心中為什麼激盪？

1842

22　我認得出你……

明亮的白晝或夜晚乘著夜色，
騎在馬上我從花園牆外走過，
當扁桃樹紛紛落下芳香的花，
我認得出你和你潔白的面紗。

你彈奏吉他，我在遠處傾聽，
伴著泉水叮咚和夜鶯的啼鳴……
我透過籬笆日夜向遠處凝望──
看潔白面紗是否在園中閃光？

1842

23　萬福瑪利亞

萬福瑪利亞──神燈靜寂，
心中浮現出這四行詩句：

清純少女，受難者之母，

你的恩澤為心靈賜福。
天上聖母不在燈光中顯現，
夢中安謐才能和她相見！

萬福瑪利亞 —— 神燈靜寂，
我一直默念這四行詩句。

1842

24　聖母

我不抱怨人生道路艱辛，
我不聽狂暴之徒的言談，
我盼望欣賞另一種聲音，
我的心聆聽希望的呼喚，

自從拉斐爾[1]在我面前
描繪出這張聖潔面龐，
眼瞼下垂，視線安恬，
身穿淡雅輕盈的衣裳。

1　拉斐爾‧桑西（1483-1520），義大利傑出畫家。

聖母懷抱著一個幼嬰，

嬰兒眉宇間喜悅澄明，

笑對俯下身來的母親。

啊，一顆心終歸平靜！

你和聖母，我的神靈，

賜予我多少啟迪與歡欣！

1842

25　纖手

將花朵繡在透明的絲綢上面，

按動琴弦或是把玩雕花香扇，

戴精美手套或直至肘部光裸——

你跟我說話，姿態優雅溫和，

動作迷人，我這顆可憐的心

激動難忍，禁不住渴望親吻。

1842

26 相信我吧……

相信我吧：隱秘的希望，

激勵我譜寫詩篇；

或許，突發的奇思妙想，

會賦予詩行美好內涵。

這正像秋天烏雲翻捲，

暴風把樹木搖晃，

褪色的葉子飄零悲歡，

偶而吸引你的目光。

1842

27 十四行詩

—— 給奧菲麗婭

上帝賦予你天生麗質，

完全符合詩人的想像，

不知不覺我變得癡迷，

愛十四行詩精巧流暢。

不曉得我心何以沉醉，
或許，是熟悉的音響，
憑藉音韻的交替縈迴，
溫暖心靈並點燃幻想。

或許，十四行詩就像你，
在詩體當中最難駕馭，
如同你一樣難以揣測；

或許，詩像你一樣奇異，
為了美感，忍受磨礪，
越難接近越愛得強烈。

1842

28　貓打呼嚕……

貓打呼嚕眯縫著眼睛，
男孩蜷在地毯上打瞌睡，

戶外迴響颼颼的風聲，
雪花紛紛揚揚隨風翻飛。

「行啦，別在這兒躺著！
起來快把玩具收拾好！
過來跟我說一聲晚安，
快到你的房間去睡覺。」

男孩站了起來。貓
睜眼看看，呼嚕個不停；
成團的雪撲打著窗戶，
大門口傳來風暴的吼聲。

1842

29 我久久佇立……

我久久佇立一動不動，
目不轉睛凝視遙遠的星 ——
於是在星斗和我之間，
冥冥中產生了某種關聯。

當時的遐想已無印象，

我只顧聆聽曼妙的合唱，

空中的星星微微顫動，

從那時我熱愛天上的星……

1843

30　遠方

塵埃飛揚天際，

如同雲霧升騰，

行人還是馬匹？——

遙望一片迷濛。

細看有人騎馬，

揚鞭疾速馳騁。

我的遠方摯友，

情誼長記心中！

1843

31　我來看望你……

我來看望你向你祝福，
想訴說太陽已經東升，
溫暖的陽光照耀草木，
閃亮的葉子交相輝映；

想訴說森林已經蘇醒，
每條樹枝兒都在顫動，
每一隻鳥兒抖擻羽翎，
林中洋溢著春之憧憬；

想訴說我又一次來臨，
懷著一如昨日的赤誠，
爲了你同時也爲幸運，
時刻願獻出我的心靈；

想訴說打從四面八方，
向我吹拂著歡樂的風，

我不知歌兒該怎麼唱，
成熟的歌卻直撞喉嚨。

1843

32　風流女子

對於斥責聲不予回答，
他識破了狡詐的問題，
用手指在沙土上勾畫，
沉思的頭顱垂得低低。

躺在塵土裡連連喘息，
她——與人私通的妻，
一個金髮的猶太女子，
面對他既有罪又美麗。

女子的兩隻臂膀裸露，
一雙標緻的眼睛緊閉，
透明的手指沾滿淚水——
作為人妻的痛苦淚滴。

他省悟了：她的天性
對於墮落該多麼癡迷！
恰似一株幼小的棕櫚 ——
歡樂與死是一次呼吸。

1843

33 你像天使……

你像天堂安詳的天使，
身上輕柔的光輝閃耀，
你為我，也為自己，
用慈愛的心靈祈禱。

你用充滿了愛的言語，
把我心中的疑慮驅散，
你用你的雙翼和禱詞
包容我的心賜予溫暖。

1843

34 囚徒

茂密的蕁麻

在窗下簌簌作響,

青青的垂柳

懸掛起綠色篷帳;

歡樂的帆船

駛向蔚藍的遠方,

吱吱的聲音

是鋸條在鋸鐵窗。

往日的痛苦

在胸中沉入夢鄉,

自由與大海

在前方閃耀光芒。

勇氣已倍增,

忘記了重重憂傷,

側耳仔細聽，
揮臂不停鋸鐵窗。

1843

35　柳樹和白樺

我覺得北方的白樺可愛——
它們憂鬱地垂下枝葉，
彷彿是墳墓無言的話語，
讓心頭狂熱趨向冷卻。

但柳樹用它細長的葉子
觸摸澄澈的清水池塘，
它與壓抑的夢境更相宜，
記在心裏更持久難忘。

神秘的淚水不停地流淌，
流在樹林，流在草地，
白樺只向北方的風傾訴，
輕輕訴說自己的悲戚。

像孤兒一樣哀愁的柳樹，
為整個大地深懷憂傷，
它頭顱低垂不停地哭泣，
任條條柳枝隨風飄蕩。

1843

36 我一動不動站了很久……

我一動不動站了很久，
凝視著夜空群星燦爛，——
在那些星斗和我之間，
彷彿產生了某種關聯。

記不得我都想些什麼，
我傾聽神秘的合唱聲，
天上的星星輕輕顫抖，
從那時起我鍾愛星星……

1843

37　每當我的幻想……

每當我的幻想飛入往日的疆土，

重新發現你身在雲霧彌漫之中，

就不禁甜蜜地哭泣，像猶太教徒

　　破天荒踏上了迦南聖境[1]。

我不惋惜孩提的嬉戲，輕輕的夢，

夢中因為你而陷入痛苦或是依戀，

那時候朦朧中我第一次體驗愛情，

　　憑藉亂紛紛的衝動情感，

憑藉輕輕握手，憑藉閃亮的視線，

時而長吁短歎，時而又笑聲不停，

憑藉看似平常並無深意的嗔怨，

　　只有你我珍惜愛的回聲。

1844

1　迦南，聖經中傳說上帝劃歸猶太人的一片樂土，即巴勒斯坦。

38　給奧菲麗婭[2]

這裡豈不就有你輕靈的身影，

我的天使，我的仙子，我的朋友？

悄聲細語你向我傾訴衷情，

輕輕地，輕輕地飛翔在四周。

那飄忽的靈感是你的饋贈，

醫治甜蜜的相思你纖手輕柔，

你賞賜給我平靜安謐的夢，

我的天使，我的仙子，我的朋友。

1842

39　像黎明的芒蚊……

　　像黎明的芒蚊

亂紛紛的聲音交加匯集；

2　奧菲麗婭，莎士比亞悲劇《哈姆雷特》中的人物，詩人借用為戀人的名
　　字。

　　這顆疲憊的心，
不忍與可愛的幻想分離。

　　但靈感的火花
正在日常的荊棘中悲淒；
　　而往日的求索
似黃昏的槍聲早已沉寂。

　　那陳年的記憶
仍時時潛入忐忑的心底……
　　噢，不用言語，
或許，才能夠表白心跡！

1844

40　你偶然回眸……

你偶然回眸，微笑，狡黠地低語，
用纖指輕輕梳理細蜜柔軟的髮縷，
我在難奈的靜夜裡把這情景回想，
極力擺脫卻無法驅走這鮮明印象；

呼吸急促，誰也看不見孤獨的我，

煩惱與羞愧像火一樣把面頰燒灼，

我細細地回味你曾經說過的話語，

反覆琢磨想從中發現暗示的謎底；

跟你交談時，我心情慌亂又激動，

現在糾正說錯的話竟默默出了聲，

違背理智，為幸福的回憶所陶醉，

用珍愛的芳名來驅散夜色的昏黑。

1844

41　和煦的風兒……

和煦的風兒輕輕吹拂，

草原洋溢著一派生機，

丘陵相連向遠方伸展，

蜿蜒起伏泛出了新綠。

在那遙遠的丘陵之間，

有條曲折灰暗的小路，

小路喚起了親切情感，

一直通向白茫茫的霧。

春天的鳥兒不知苦悶，
相伴相隨飛上了高空，
處處播撒悠揚的流韻，
相互應和著婉轉啼鳴。

1845

42　奧菲麗婭

奧菲麗婭臨終還在唱歌，
　　唱著歌編織花環；
唱著歌，她沉入了江河，
　　連同花束與花冠。

往事與歌聲沉入我心扉，
　　心底是一片幽暗，
滋生出多少幽思與淚水，
　　多少情感與詩篇！

1846

43　空中幻城

遠遠天邊霞光奇妙，
彩雲的合唱悠揚迴盪，
雲中樓閣高牆環繞，
還有金頂的大小教堂。

那就像是我的白城，
熟悉的城呀我的故鄉，
白城浮在玫瑰高空，
烏黑的大地睡意綿長。

空中幻城緩緩漂流，
輕輕移動正漂向遠方……
似乎那裡有人招手──
但身無羽翼難以飛翔！

1846

44 多麼寒冷的一個秋天！⋯⋯

多麼寒冷的一個秋天！
快披上披肩穿上外套；
看：瞌睡的松林後面，
仿佛熊熊火焰在燃燒。

記得北方夜晚的極光，
總是跟隨你悄然出現，
閃爍著白磷似的眼睛，
只不過難以讓我溫暖。

1847

45 我病了⋯⋯

我病了，奧菲麗婭，親愛的朋友，
　　心中乏力，意緒消沉。
啊，爲我唱支歌吧，像清風悠悠，
　　盤旋吹拂他一座孤墳。

受過創傷的心靈，疼痛不已的胸口，
　　理解呻吟，理解淚水，
爲我歌唱垂柳吧，歌唱綠色的垂柳，
　　唱黛絲德蒙娜綠柳低垂。

1847

46　窗外的葡萄藤⋯⋯

我窗外的葡萄藤枝葉蜿蜒分外好看，
葉子墨綠甚至遮住半個窗子的光線。
你看，藤條似乎有意撩撥人的興致，
青中透黃的葡萄串兒恰巧對著窗子。
親愛的，何苦折斷枝葉？千萬別動！
要是你把手伸到窗外去扯這葡萄藤，──
鄰居準會認出你的纖手白皙又豐滿，
必定說：原來她偷偷藏在他的房間。

1847

47 又是春天……

又是春天，——彷彿有神靈，
天上的神靈執掌夜晚的花園。
我默默地行走——步履緩慢，
旁邊是我的黑影子隨我向前。

帳篷似的林蔭道尚未變昏暗，
樹枝的縫隙能望見蔚藍的天，
我走著——撲面的香氣清冷，
我走著——夜鶯的歌聲委婉。

不由得又想起了未遂的夢境，
想起不幸的塵世未了的情緣，
胸膛的呼吸變得歡快又舒暢，
又渴望把什麼人擁抱在胸前。

只要時間一到，也許會很快，——
大地又將改變，舊貌換新顏，

一旦這顆心將來停止了跳動，
再想愛什麼——全都是空談。

1847

48　陰天，深秋……

陰天，深秋，你在抽煙，
抽煙，似乎總也抽不夠。
讀會兒書吧，進度遲緩，
無情無緒，滿懷憂愁。

灰濛濛的白晝緩緩爬行，
壁鐘的絮叨聲無盡無休，
令人厭煩地響個不停，
生就了不知疲倦的舌頭。

一顆心漸漸變得冰涼，
在火熱的壁爐旁邊守侯，
腦袋一陣陣疼痛膨脹，
往裡鑽的盡是古怪念頭。

熱氣漸消，茶水已冷，
彷彿已經是黃昏時候，
合上雙眼，沉沉入夢，
睡意來臨，上帝保佑！

1847

49 你絢麗的花冠……

你絢麗的花冠新鮮又芳香，
所有的花朵都香氣撲鼻，
你的捲髮華美而又濃密，
你絢麗的花冠新鮮又芳香。

你絢麗的花冠新鮮又芳香，
你的明眸閃亮攝魄勾魂——
你說從未戀愛我不相信：
你絢麗的花冠新鮮又芳香。

你絢麗的花冠新鮮又芳香，

不經意間心兒沉入愛河：

在你身邊眞好我想唱歌。

你絢麗的花冠新鮮又芳香。

1847

50　給少年

諸位，看他舉杯暢飲多麼瀟灑！

心兒年輕，社交經驗尚且缺乏！

十六歲的年齡，他活潑的目光，

稚嫩的面龐，滔滔爭辯的輕狂，

友好的衝動，以及憂傷、憤慨，

都預示他必爲聰慧的少女所愛。

1847

51　我在夢中……

我在夢中一次次和你相聚，

夢見那一雙眼睛神采奕奕，

夢見你那白皙亮麗的容顏，

夢見那頂白玫瑰編的花冠，
夢見幾次交談別具吸引力，
夢境恍惚迷離也依如往昔，
夢中的我生活得心滿意足，
與我的實際經歷完全相符。

1847 年 9 月 7 日

52　睡吧！……

睡吧 —— 天微明，
霞光初露，清冷，
山後霧藹濛濛，
閃爍寥落晨星。

就在片刻之前，
雄雞才叫三遍，
鐘樓傳來鐘鳴，
鐘聲平穩悠遠。

高高一株菩提，

散發歡悅溫馨，

臥榻睡枕邊角，

已經沾滿淚痕。

1847

53　靈蛇

傍晚時分的露珠兒，

剛剛打濕了草葉草莖，

一個黑眉毛的寡婦，

又梳辮子，又洗脖頸。

她站立在窗戶旁邊，

一雙眼睛緊盯著夜空；

一條長蛇盤成圓環，

閃爍著火星飛行如風。

呼呼有聲越飛越近，

忽然落在了茅草房頂，

蛇的身體罩著光暈，

寡婦的院子一片通明。

那眉毛黑黑的寡婦，
手疾眼快關閉了窗櫺；
只聽屋裡接連親吻，
隨後是悄悄的說話聲。

1847

54 黛安娜[1]

透過樹林，在清澈的水面上，
我看見了一尊女神的石雕像，
她莊嚴而又華美，全身赤裸，
生就了高高隆起的寬闊前額。
她有雙又細又長的淺色眼睛，
面容凝神屏息，一動也不動。
這一座智慧敏感的女神石雕，
傾聽少女們痛苦的默默祈禱。
但霞光中樹葉間掠過一陣風，

---

1 一譯狄安娜，即希臘神話中的月亮女神阿耳忒彌斯，宙斯之女。

水中晃動著女神的清晰倒影；
我期盼：女神背負箭囊出現，
雪白的胸脯閃爍在林木之間，
看昏睡的羅馬那古老的城邦，
看台伯河渾水與大理石柱廊，
看長街廣場……可石雕屹立，
向我展現潔白、美麗和神秘。

1847

55　靈驗的美夢……

靈驗的美夢該當分享，
請求你說給我的心聽；
要是你覺得難以形容，
那就用聲音吹拂心靈。

1847

56　夏日黃昏……

夏日黃昏明亮又寂靜，
看那些楊柳昏昏欲睡；
西方的天空一片淡紅，
河灣的流水放射金輝。

沿著一簇簇樹頂滑行，
風兒漫步在林冠樹梢，
聽，峽谷裡聲聲嘶鳴，
那是馬群在揚蹄奔跑！

1847

57　春季情思

來自遠方的各種鳥兒，
又飛向冰消雪化的河岸，
溫暖的太陽高空輝耀，
期待著香氣撲鼻的鈴蘭。

心中的激情難以遏制，
熱血湧流，紅潤了面龐，
因受觸動你深信不疑，
愛情如宇宙，天高地廣。

冬天的太陽冷光四射，
低低運行目睹你我親近，
如今大自然百倍柔和，
何時我們才能再度溫存？

1848

50 年代

58　別睡了……

別睡了：我為你
捧來黎明和兩朵玫瑰。
透過銀色的露珠，
花色嬌艷比火還明媚。

春天的雷雨短暫，
空氣清新，樹葉嫩又翠……
香氣襲人的玫瑰，
悄無聲息地滴著珠淚。

1850

59　耳語，怯生生的呼吸……

耳語，怯生生的呼吸，
　　夜鶯的鳴囀，

輕輕搖曳的夢中小溪，

　　銀色的波瀾，

月光溶溶，夜色幽冥，

　　幽冥無邊際，

迷人面龐變幻的表情，

　　神奇的魅力，

雲霄中，玫瑰的嫣紅，

　　琥珀的明亮，

頻頻親吻，珠淚盈盈，

　　霞光呀霞光！……

1850

60　夜深人靜……

夜深人靜；讓我們去花園，朋友。

夜深人靜；偷看我們的只有星斗。

但是星星看不清躲進樹叢的身影，

星星也不偷聽，偷聽的只有夜鶯……

就連夜鶯也不聽，它的歌聲響亮；

仔細傾聽的算起來只有手和心臟：

心能聽見，我們帶來了多少歡樂，

我們帶來人世間多少甜蜜的喜悅；

而手一邊聆聽，一邊告訴心臟說，

它握住的另一隻手竟不停地哆嗦，

由於那隻手顫抖，它也變得滾燙，

肩膀不由自主地倚向另一個肩膀……

1853

61 飄忽不定的樂曲……

飄忽不定的樂曲，

在我的床頭迴旋。

樂曲中傾訴離愁別緒，

顫動的依戀未能如願……

難道是偶然的幻覺？

最後的柔情戛然中斷，

一輛郵車從街上駛過，

塵土飛揚，漸行漸遠⋯⋯

突然！⋯⋯那支樂曲
以離愁引發出苦戀，
聲音明亮嫋嫋升起，
在我的床頭往復盤旋⋯⋯

1853

62　氣味芳香的春之愛撫⋯⋯

氣味芳香的春之愛撫，
尚未在我們身邊降臨，
清晨，積雪覆蓋峽谷，
馬車軋過結了冰的路，
發出軋軋作響的聲音。

到中午陽光才變暖和，
菩提樹頂剛微微泛紅，
樺林透出嫩黃的顏色，
藍靛頦兒還不敢唱歌——

它正躲藏在醋栗叢中。

但是飛行的大雁背上，
畢竟馱著復蘇的春訊，
草原美人兒佇立仰望，
目送高高的雁陣飛翔，
面頰泛出青紫的紅潤。

1854

63　傍晚的草原

浮雲舒卷被餘輝染得彤紅，
原野體會著露水的溫潤，
馬車在第三個山口失去蹤影，
最後傳來車鈴聲卻不見煙塵。

別指望遠處有歌聲和燈光，
空曠中什麼地方也不見村落，
草原連草原。黑麥正灌漿，
麥田像無邊的大海湧動浪波。

天不黑，月亮不敢灑下銀輝，
一片雲彩遮住她半個面龐。
生氣的甲蟲嗡嗡響著來回飛，
鷂鷹平展著翅膀靜靜滑翔。

曠野蒙上了一層金色的霧氣，
我聽見遠處有鵪鶉的叫聲，
就在那片露水浸濕的窪地裡，
有幾隻長腳秧雞輕輕回應。

暮色蒼茫模糊了好奇的目光，
晚風送爽，也送走了炎熱，
月亮皎潔。星星從高空張望，
清波閃爍的是美麗的銀河。

1854

64　失眠

失眠。點支蠟燭。何苦讀書？

反正讀多少頁我也不知所云——
明亮的白光開始在眼前閃爍，
晃動的幻影來去匆匆亂紛紛。

究竟怎麼回事？我有什麼錯？
莫非說我的心事應該受指責？
你以幻影出現，死死盯著我，
你的笑聲裡竟那樣幸災樂禍！

1854

65 多麼幸福……

多麼幸福：夜，只有你我相伴！
明鏡似的小河，河面星光閃爍，
喏，你看……你抬起頭來看看：
我們頭頂的天空多麼深邃澄澈！

噢，任你說吧，任你說我癲狂！
此時此刻我已陷入癡迷的旋渦，
我感到心中翻騰著愛情的波浪，

我不願沉默，我也不能夠沉默！

我痛苦，我陶醉，真情難掩飾，
啊，聽我說，須知愛情折磨我，
因此我一定要對你說：我愛你！
愛你！癡心不改，只愛你一個！

1854

66　森林

無論我向哪裏張望，
四周的松林鬱鬱蒼蒼，
簡直就看不見天空。
遠方有板斧伐木的聲響，
近處啄木鳥啄木聲聲。

腳下的枯枝陳腐百年，
花崗岩烏黑，樹墩後面
藏著銀灰色的野兔，
而松樹樹幹長滿了苔蘚，

不時閃現長尾巴松鼠。

一條荒僻的路罕見人跡，
有座橋已倒塌圓木發綠，
歪斜著陷入了泥塘，
這裡早就再也沒有馬匹
沿路奔馳蹄聲響亮。

1854

67 松樹

在貞潔的楓樹與愛哭的白樺之間，
我不想看見這些高傲的松樹；
它們讓活潑甜蜜的幻想自感羞愧，
我難以容忍它們的清醒自負。

面對重新復活的鄰居，只有它們，
不抱怨，不竊竊私語，不歎氣，
堅貞不移，它們提醒歡呼的春天
千萬要記住，記住嚴酷的冬季。

當森林飄落最後一片乾枯的樹葉，
無聲無息等待春天的復蘇，──
只有不凋的松樹展示冷峻的英姿，
讓其他諸多晚輩自歎不如。

1854

68 風暴

風漸清新，夜色轉暗，
大海咆哮兇狂恣肆，
浪花翻滾排擊岩石，
忽而湧來，忽而潰散。

排浪層疊愈加暴烈，
尖聲嘶叫推浪成峰，
如此龐大如此沉重，
砸向海岸猶如生鐵。

就像是海神力大無比，

高高擎起三股鋼叉，
飛揚跋扈肆意威嚇，
喊叫說：「看我收拾你！」

1854

69　垂柳

我們坐下來倚傍垂柳，
樹皮上那個孔洞四周，
條條花紋多麼奇妙！
柳樹下面的金色水流
緩緩波動，美不勝收，
恰似玻璃光彩閃耀！

細嫩的柳枝劃出弧線，
彎彎地下垂接近水面，
像道瀑布色呈碧綠；
柳葉如針，細細尖尖，
似乎它們都恐後爭先，
划破水紋引出漣漪。

柳樹下流水猶如明鏡，
映出我那窺視的眼睛，
偷偷看你俏麗容顏⋯⋯
你目光驕矜漸趨寬容⋯⋯
我幸福得抖顫，看水中
你的倒影也在顫抖。

1854

70　海濱黃昏

晚霞的紅光開始閃爍，
鳥兒在巢穴已經沉默，
寂靜把森林擁進懷抱，
禾穗瞌睡，不晃不搖；
天色漸漸地變為蒼白，
一隻蟾蜍跳到路邊來。

夜晚顯得越來越明亮，
懶散的大海沐浴月光；

睜大了眼睛仔細觀察，

只見海濱有一帶平沙，

月光照亮了一塊石頭，

上面棲息著兩隻海鷗。

1854

71　燕子消失了蹤影……

燕子消失了蹤影；

昨日初露霞光，

白嘴鴉空中飛行，

如網的翅膀閃動，

遮蔽那座山岡。

黃昏後萬物入睡，

戶外一片迷茫，

乾枯的樹枝飄墜，

呼嘯的夜風狂吹，

時時扣擊門窗。

倒不如面對風雪，

任其撲打胸膛，

似大雁懷著驚愕，

淒厲的叫聲不絕，

列隊飛向南方。

忍不住信步出行，

心情沉重悲涼，

看原野掠過飛蓬，

像皮球忽忽滾動，

眞想痛哭一場！

1854

72　濃密的菩提樹蔭……

濃密的菩提樹蔭多麼清爽 ——

中午的炎熱曬不到身邊，

高懸在頭頂上面輕輕搖晃，

似有千萬把芳香的蒲扇。

看遠方，空氣灼熱閃閃發光，
上下浮動，彷彿略感困倦，
蟈蟈兒焦躁的叫聲瞿瞿直響，
不甘稍停，委實讓人厭煩。

透過濃密樹蔭看明亮的天幕，
似乎蒙上了一層薄薄的煙，
波浪似的雲彩在高空中飄浮，
恰似大自然睡眠時的夢幻……

1854

73　輪船

就像一隻生氣的海豚，
鼻孔喘息，熱氣升騰，
強健的心臟怦怦跳動，
鐵爪擊水，你要起程。

不要給故土留下隱痛，

別帶走玫瑰和這少女；
告別的淚水，請等一等，
讓詩的靈感得以延續！

白白祈求……海洋鐵馬，
像一隻飛鳥已駛向遠方 ——
只有涅麗達姊妹緊緊追隨，
紛紛跳舞掀起串串波浪。

1854

74　傍晚

拖著呼嘯聲跨越江河，
一路喧響穿行於牧場，
從悄無聲息的林梢滾過，
在遙遠的對岸呈現光亮。

大河向西流，流向遠方，
曲曲彎彎，河水幽暗。
燃燒的晚霞邊緣金黃，

雲絮如煙霧向四處擴散。

丘陵地潮濕而又悶熱，
白晝在夜的呼吸中歎息，
但雷電已經時時閃爍，
放射出的光焰藍中帶綠。

1855

75　戶外已是春天

任什麼語言也難形容：
開懷呼吸該多麼舒暢！
山澗的溪流浪花翻騰，
中午時分盡情喧響！

歌曲在空中震顫、消融，
綠了大片大片的麥田——
忽然傳來柔和的歌聲：
「你又能夠享受春天！」

1855

76　四周花花綠綠……

四周花花綠綠如此喧囂，
看人群歡樂，我卻掃興：
失去了你呀，意亂心焦，
是你帶走了我的笑容。

度過了沉悶無聊的白天，
只是偶而當夜深人靜，
溫柔的面龐又浮現眼前，
望著你，我面帶笑容。

1856

77　米洛斯的維納斯 1

純潔睿智又無所畏懼，
裸露至腰，光彩煥發，

1　維納斯，一稱阿佛洛狄忒，希臘神話中青春與愛情女神，她的一尊大理石
　　雕像出土於米洛斯島，被稱為米洛斯的維納斯，現藏於法國巴黎羅浮宮。

展現永不凋謝的美麗，
神聖的軀體綻放如花。

頭上的髮綹微微隆起，
顯示超凡脫俗的風韻，
面如天仙含無窮魅力，
流露多少柔情與驕矜！

大海的浪花簇擁著你，
周身洋溢著愛的激情，
你無往不勝所向披靡，
你的明眸注視著永恆。

1856

78　壁爐旁邊

木炭將熄。迷濛之中
輕輕跳蕩著透明的餘火。
恰似罌粟花顏色鮮紅，
襯托翅膀顫抖的藍蝴蝶。

疲憊的月光得到慰藉，
一連串的幻想五顏六色，
灰爐裡似有眼睛窺視，
面龐神秘讓人難以索解。

帶著愛意，帶著友善，
重現了往日的悲歡離合，
心在撒謊，說不想見，
其實暗地裡卻深為關切。

1856

79　我夢見⋯⋯

我夢見巨石嶙峋的岸，
月灑銀光，海在睡眠，
彷彿恬然入夢的孩童——
我和你在海面上滑行，
腳踩著鑽石鋪成的路，
走進透明而波動的霧。

1856 年末或 1857 年初

80 給唱歌的少女

請把我的心帶往歌聲響徹的遠方，
憂傷像隱沒林間的月亮；
愛情的柔和微笑伴隨著聲聲歌唱，
映照你灼熱的盈盈淚光。

啊，姑娘！在看不見的漣漪之中，
我領會你的歌心馳神往：
沿一線銀色軌跡飄浮向上，向上，
我像影子晃動追隨翅膀。

你的歌聲閃爍著火光在天際漸熄，
似傍晚的彩霞溶入海洋——
我不明白在什麼地方，驀然之間，
無數珍珠流瀉琤琤作響。

請把我的心帶到歌聲響徹的遠方，
淡漠的憂傷與微笑相仿，

我沿一線銀色軌跡飄浮向上飛翔，
似影子晃動追隨著翅膀。

1857

81　致繆斯

你再一次降臨我的簡陋居室，
可會讓我長久地苦悶與鍾情？
這一次你化成什麼人的樣子？
用誰的慈愛話語來把我打動？

伸過手來，坐下。好心人，唱吧！
點燃靈感的火把，我默默傾聽，
渾身顫抖，我不由得雙膝跪下，
把你吟唱的詩句一一記在心中。

忘卻日常的憂煩，我多麼甜蜜，
純淨的思索之火一直明滅不定，
感受到神啟與天籟的強大威力，
我知道你貞潔的語言萬古長青。

詩神啊，請你在我失眠的夜晚，
賜予我美夢，賜予榮耀和愛情，
我將把溫馨的芳名輕輕地叨念，
請你再一次祝福我沉思的筆耕。

1857

82　躺在牧場的草垛上……

南方之夜。仰面朝天，
我躺在牧場的草垛上，
四面八方有音流抖顫，
那是天體生動的合唱。

大地如同渾濁的啞夢，
失去了分量不斷下沉，
一個人獨自面對夜空，
我恰似天堂首位居民。

是星斗成群向我飛翔，

還是我墜落午夜深淵？
恍惚覺得有一隻巨掌
把我抓住，凌空倒懸。

我用目光測量著縱深，
越是緊張越心慌意亂，
每一分鐘我都在下沉，
墜向深淵，難以回返。

1857

83　我曾又去過……

我曾又去過你的花園，
林蔭路指引那個地方，
春天我們倆漫步交談，
由於生疏還心裡發慌。

怯懦的心想表白希望，
想傾吐疑慮訴說不安，
但當時樹木很少蔭涼，

那些嫩葉像有意刁難。

如今花園裡樹蔭濃重，
就連青草也香氣撲鼻，
然而這裡是多麼安靜，
無聲無息，讓人壓抑！

晚霞中唯獨一隻夜鶯，
潛入幽暗，悄悄鳴囀，
濃蔭下面的那雙眼睛，
欲重尋芳姿已屬枉然！

1857 年初

84 又一個五月之夜

多美的夜色！溫馨籠罩了一切！
午夜時分親愛的家鄉啊，謝謝！
掙脫冰封疆界，飛離風雪之國，
你的五月多麼清新，多麼純潔！

多美的夜色！繁星中的每顆星，
重新又溫暖、柔和地注視心靈，
空中，尾隨著夜鶯婉轉的歌聲，
到處傳播著焦灼，洋溢著愛情。

白樺期待著。那半透明的葉子，
靦腆地招手，撫慰人們的目光。
白樺顫動著，像婚禮中的新娘，
既欣喜又羞於穿戴她的盛裝。

啊，夜色，你溫柔無形的容顏，
到什麼時候都不會讓我厭倦！
我情不自禁吟唱著最新的歌曲，
再一次信步來到了你的身邊。

1857

85　夜色多好！……

夜色多好！空氣多清新！
瞌睡的樹葉色澤如銀，

岸邊柳樹蔭影多濃重，
海灣入夢睡得多平靜，
什麼地方都沒有風浪，
讓人心裡充滿了安詳！
午夜明亮，與白晝相似，
光更耀眼，影子更清晰，
只有嫩草的氣息更悠長，
精神平和，心境更開朗，
胸中一掃纏綿的情欲，
只想呼吸這新鮮空氣。

1857

86　花團錦簇

原野傳來牛羊的叫聲，
馬林果樹叢銅鈴叮噹，
蘋果園裡繁花如白雪，
處處飄浮甜甜的芳香。

花朵像春天一樣眞純，

懷著關愛，懷著憂傷，
紅潤的果實孕育種子，
伴隨著香塵墜落地上。

花的姊妹，玫瑰女友，
請用明眸看我的眼睛，
請你們吹拂聯翩幻想，
請把歌兒植入我的心靈。

1858

87　小魚

春天行使自己的權力，
溫暖的陽光照耀；
深深的溪流澄澈見底，
處處看得見水草。

溪水清涼，淨如玻璃，
我注視水面浮漂，——
只見有小魚戲弄魚餌，

頑皮中透著靈巧。

小魚的身體閃爍銀光，
脊背有點兒發青，
兩隻眼睛如珍珠一樣，
而尾鰭呈現朱紅。

水底的小魚倒也大膽，
想把那魚餌叼住！
哎呀，只見銀光一閃，
它突然溜到暗處。

看，小魚又在附近游，
狡黠的眼睛閃爍。
好，這次你必定上鉤，
再不能讓你逃脫。

1858

88　致屠格涅夫[1]

冬天已經過去，暴風雪平息，——
喜歡南方的詩人，我們為你
備好了肥美的小牛；
野外積雪閃爍刺目的寒光，
朋友，我們不會把你遺忘，
都期盼能擁抱歌手。

你屬於我們。何苦在黎明
早早去驚擾梵蒂岡的士兵，
轉過護欄尋踪訪古，
古羅馬建築瞬間綻露笑容，
鵝卵石街道在長久地諦聽——
你匆匆走過的腳步。

你屬於我們。面對油橄欖，

1　伊萬·謝爾蓋耶維奇·屠格涅夫（1818-1883），俄羅斯著名詩人，小說
　　家。

面對義大利幼松樹冠如傘，

你一言不發必定陌生；

彩虹一般的幻想永遠可親，

夢幻將把你帶回白樺樹蔭，

你傾聽故鄉溪流淙淙。

家鄉山山水水都會歡迎你，

草原鋪展天鵝絨一派翠綠，

犁過的黑土更肥沃，

四周的大地與天空更寬廣，

因而，這春天夜鶯的歌唱

更甜更美也更歡樂。

1858 年初

89　暮色蒼茫時刻⋯⋯

暮色蒼茫時刻，我們倆在森林

沿著唯一的小徑跋涉。

我看見：西天神秘顫抖的晚霞

已經熄滅。

本來想說一句什麼話算作告別，
可心情沒人能夠理解；
對於他的懵懂遲鈍還能怎麼說？
說些什麼？

思緒起伏不定，驚恐攙雜焦灼，
一顆心在胸膛裡嗚咽，——
不久，夜空將綴滿星斗的寶石，
你要等著！

1858

90　又是不露行跡的力量……

又是不露行跡的力量，
又是不見蹤影的翅膀，
給北方帶來了暖意，
白晝一天天越發明亮，
森林的樹木沐浴陽光，
樹蔭變得日漸濃郁。

朝霞泛出鮮紅的顏色，
瑩瑩白雪覆蓋著山坡，
紅白相映光彩奇異，
森林瞌睡還沒有蘇醒，
但已傳來歡快的鳥鳴，
仔細聆聽愈加清晰。

條條溪流翻捲著波浪，
彎彎曲曲，嘩嘩流淌，
匆匆瀉入幽深峽谷，
谷中的江水激盪洶湧，
面對大理石似的天空，
奔流疾馳發出歡呼。

奔流到曠野天地開闊，
江面寬廣，浩如海洋，
水面如鏡無浪無波，
有一條小溪匯入江中，
溪水帶來一塊塊浮冰，

宛如一群白色天鵝。

1859

91　你一雙明眸……

你一雙明眸顧盼生輝，
我整整一天默不作聲，
忍受熬煎，我卻不敢
抬起頭注視你的眼睛；

但沒有你，隱約覺得 ——
鬱鬱寡歡、天昏地暗，
每時每刻我等待霞光，
反覆叨念：你快出現！

1859

92　假如你像我……

假如你像我愛似海深，
假如你把愛視爲生命，

請用你的手撫摸我的心，
你能觸摸到心臟的跳動。

每次心跳都強烈有力，
都對你充滿迷戀之情，
就如同礦泉療效神奇，
噴湧的熱流霧氣蒸騰。

請你暢飲吧，歡樂時辰，
幸福的顫慄擁抱心靈，
請你暢飲吧，不必詢問，
心泉會不會枯竭變冷。

1859

93　往日情書

久已忘懷，蒙上了一層塵埃，
珍藏的情書又面對著我，
心靈，不由得陷入苦海，
沉埋心底的往事頃刻間復活。

再次目睹信任、希望與愛憐，
視線燃燒著羞慚內疚之火，
褪色的字體讓人心裏發顫，
面頰發紅，胸中翻騰著熱血。

我該受譴責，這無言的見證，
見過我心靈的春天與寒冬。
就像我們分手的可怕時刻，
你們依然年輕、開朗、聖潔。

可我受了背叛聲音的蠱惑，
誤以為愛情之外別有世界！
粗魯地推開寫信人的手，
為永久分離我也曾自責，
踏上遙遠行程，心硬如鐵。

注視我的眼睛悄悄傾訴愛情，
像往昔莞爾一笑究竟為什麼？
辛酸的淚水洗不盡詩中沉痛，

寬恕的聲音也難使心靈復活。

1859（？）

94　白楊

花園沉默。我心中淒然，
以憂鬱的目光環視四周，
最後的落葉在腳邊盤旋，
逝去了最後的晴朗白晝。

唯獨你屹立死寂的草原，
隱忍著重病，我的白楊，
葉子顫抖，你一如從前，
像朋友訴說著春之歡暢。

縱然日子一天天暗淡，
深秋的氣味兒腐臭難聞，
你把樹枝高高伸向九天，
獨自懷念南國的溫馨。

1859

95　宙斯[1]

樂手敲打盾牌呼喊吵鬧，
姑娘們一個個哈哈大笑，
伴唱的曲調如同嚎叫，
祭祀們全都蹦蹦跳跳。

克里特島的柏樹林裡，
蕾婭的孩子又開始哭泣，
揪住阿馬爾忒亞的乳頭，
他要吃羊奶，他很生氣。

年幼的天神心懷怨恨，
這呼叫聲已預示著報復——
但大地看不見他的容顏，
天空也不知他怎樣惱怒。

1859 年 11 月 15 日

1　據希臘神話傳說，宙斯誕生於克里特島的一座山洞，他的母親蕾婭為保護
　他，免受他父親傷害，就讓隨從敲打盾牌，以掩蓋嬰兒的哭聲。宙斯在山
　洞裏吃母山羊的奶，母山羊的名字叫阿馬爾忒亞。

96 多雨的夏天

天邊沒一片烏雲浮動，
但公雞打鳴預報雷雨，
遠方傳來持續的鐘聲──
鐘聲似蘊涵空中淚滴。

大地像覆蓋一層茅草，
田野的禾穗不起波浪，
吮吸著雨水吸了個飽，
泥土再也不相信太陽。

寬敞屋簷下又濕又潮，
日子過得鬱悶而安閒。
久已不用的大小鐮刀，
扔在角落裡刀刃發暗。

50 年代中期

60 年代

97 蝴蝶與男孩兒

花朵沖著我頻頻點頭，
芳香的樹叢也沖我招手，
為什麼只有你舉著絲網，
到處追逐我糾纏不休？

捲髮男孩兒，五月的嬌子，
你的時光正繁花怒放，
請讓我暢飲一日的歡樂，
讓我盡情地享受陽光。

等太陽落在遙遠的西方，
再也看不見它的餘輝，
在那神秘時刻我就死亡，
我將沉入潺潺的溪水。

1860

98 當歲月把我們相互隔離……

當歲月把我們相互隔離，
生活越嚴酷越是無望，
我的內心就越加珍惜──
我和你相處的如飛時光。

我的天使，偶爾回眸，
你目光如水，睫毛修長，
因而每每在這種時候，
我便把枯燥的歲月遺忘。

無力驅散妒忌的憂煩，
也不想掩飾我的悲傷，
對於少女的柔情繾綣，
不願讓世人蜚短流長。

我深知生活沒有回應，
你的夙願和你的幻想，

量只有詩人的一顆心靈——
才承載寄託是永恆殿堂！

1861（？）

99　致丘特切夫[1]

詩人，你讓我由衷景仰，
我請求你，向你敬禮：
請給我寄一幅你的肖像，
畫作出自阿波羅的手筆。

你飛騰的幻想吸引著我，
早就顯示出神奇魅力，
你儀表堂堂，前額開闊，
早就刻印在我的心裡。

我總是背誦你的詩篇，
或許會讓你的詩神煩膩，
可我的雙手實在貪婪，

1　丘特切夫（1803-1873），俄羅斯傑出的哲理詩人。

總不肯放下珍貴的詩集。

對永恆之美向來崇拜，
面對命運早已安分守己，
我對你只有一事相求，
隨時隨地顯現，須臾不離。

這就是我請求的理由，
詩人，懇求你，向你敬禮，
請給我寄一幅你的肖像，
畫作出自阿波羅的手筆。

1862

100　我也不知道……

我也不知道怎樣排遣愁情，
胸膛渴求清新涼爽，
窗口敞開，我難以入夢，
花園裡溪流上空的夜鶯
通宵達旦婉轉歌唱。

白楊樹挺拔端莊肅立窗前，
樹葉凌空無聲無息，
似乎那思緒仍在心頭盤旋，
想對我與歌手加以評判，──
它不喧嘩也不歎氣。

到黎明時分我才感覺困倦，
一眼瞥見朝霞明麗──
霞光噴射火焰，通宵未眠。
顯然，迎接春天把你悼念，
世間再也見不到你。

1862

101　我信馬由韁……

我信馬由韁緩緩前行，
沿著春草鋪岸的河灣，
河水映出雲霞的倒影，
火紅的雲影隨波抖顫。

解凍的原野薄霧籠罩，
使人爽快，使人清醒，
朝霞、喜悅還有幻覺——
甜蜜地滋潤我的心胸。

面對金子一般的雲影，
震顫的心兒充滿柔情！
我多麼渴望我的心靈，
剎那間貼近那些幻影！

1862（？）

102　不要躲避……

不要躲避；聽我表白，
不求淚水，不求心靈痛苦，
我只想對自己的憂傷傾訴，
只想對你重複：「我愛！」

我想向你奔跑、飛翔，

恰似那茫茫春汛漫過平原，

我只想親吻冰冷的花崗岩，

吻一吻，隨後就死亡！

1862（？）

103　1863 年 3 月 9 日

多麼興奮！飄然降臨，

你們是花朵的使者！

覆蓋著白茫茫的積雪，

我傾聽雲霄的歡歌。

花朵感受到天國音訊，

復活的我重新歌唱，——

四十個蒙難者都羨慕，

都羨慕我置身天堂。

1863 年 3 月

104　旋律

皓月如明鏡飄浮在廣漠的碧空，
傍晚的露珠壓低了曠原的草葉，
話語斷斷續續，心兒再度惶恐，
遠方長長的影子已在窪地沉沒。

夜色彌漫無邊無際，願望無窮，
種種飛騰的意緒都生長出翅膀，
我真想攜帶你漫無目的地飛行，
離開虛幻之影，帶走溶溶月光。

親愛的，何必在憂傷之中悲淒？
何不暫且忘卻那些歹毒的欺凌？
大草原的草葉閃爍著銀色露滴，
皓月如明鏡飄浮在廣漠的碧空。

1863

105　我常說……

我常說：「等我將來有了錢，
　　成為富翁，
一定給你配付綠寶石耳環──
　　華貴雍容！」

每時每刻我都要把你欣賞，
　　我在期盼，──
可一冬天你蔑視我的幻想，
　　對我冷淡。

只有在這個五月的夜晚，
　　我才舒暢，
我們倆就如同做夢一般──
　　置身天堂！

我把你的纖手緊緊握在手裡，
　　多麼奇妙！

草葉上兩隻螢火蟲像綠寶石──
　　螢光閃耀。

1864

106　沐浴的女子

歡快的戲水聲讓我停步，
透過蒼鬱的樹枝看河面，
只見有人游泳游得快活，
我認得那辮子和那張臉。

認出白粗布是她的衣服，
不由得我心裡一陣慌亂；
美人離開琉璃般的河水，
纖足踏上了平坦的沙灘。

剎那間她的美全部呈現，
似乎有所顧忌身體輕顫。
含羞的百合花帶著露水，
呼吸在晨風裡如此鮮艷！

1865

107　誰該佩戴花環……

誰該佩戴花環：美之女神，
還是她在明鏡中的倩影？
你讚賞富有想像力的詩人，
這讚歎卻讓他倍感惶恐。

不，美人兒，唯獨造化無窮，
它能使一粒塵埃煥發生命，
你回眸一顧──眼波盈盈，
詩人笨拙的筆就難以形容。

1865

108　給伯爵夫人托爾斯泰婭[1]

當你溫柔地環視四周，
流露關切體諒的目光，

1　列夫・托爾斯泰伯爵的夫人索菲婭・托爾斯泰婭，是費特詩歌的崇拜者與
　忠實讀者。

不經意之間你驅散了
籠罩在我心頭的憂傷。

我為你的魅力所傾倒，
在這裡，在僻野窮鄉，
伯爵夫人，我領悟了
你心靈的純潔與高尚。

儘管生活的道路坎坷，
但我的心又變得明亮，
我要讚美星星、玫瑰，
為愛情的晚霞而歌唱。

雖然我一生平庸暗淡，
但我將牢記你的形象；
星在夜空、映照池塘，
到處放射勝利的光芒。

1866

109　山岡披上了傍晚的霞光⋯⋯

山岡披上了傍晚的霞光，
潮氣與幽暗在峽谷浮動。
懷著隱秘祈求舉目展望：
「是否快告別迷茫與寒冷？」

我看見玫瑰紅的山坡上，
顯現出舒適房舍的屋頂；
老栗子樹下面窗戶明亮，
燈光溫馨如同忠誠的星。

有個聲音暗中嚇唬我說：
「你的心可依然單純年輕？
倘若迷茫與寒冷重新籠罩，
這玫瑰世界，你何去何從？」

1866

110 晚霞燃燒紅似火……

就在此時此刻，
晚霞燃燒紅似火！
照亮樹叢岩石，
餘輝划過了山坡。

窪地池塘漸暗，
彷彿想默默睡眠；
只有燕子飛掠，
畫一道閃光弧線。

最後一片雲絮，
已伴隨白晝消融，
房間又悶又熱，
雖然敞開著窗櫺。

別再忍受折磨！
我知道有個姑娘，

悄悄推開柴門，
正緩步走向池塘。

1867

70 年代

111　溫泉

那一眼溫泉你可記得？
　　多麼湍急又多麼純潔，
反射著陽光閃閃爍爍，
　　搖搖晃晃，
附近的松林多姿多采，
　　高高的山嶺峰巔雪白，
泉中倒映的星斗可愛，
　　眾星合唱。

溫泉變淺而漸漸枯竭，
　　鑽入地下似躲避什麼，
只留下一片淡淡紅色——
　　那是淤泥。
我長年累月心懷祈盼，
　　暗中努力，持續不斷，

在岩石中間尋找泉眼，
　　徒勞無益。

驀然間山中滾過驚雷，
　　大地震顫，屋頂欲墜，
我衝出寓所健步如飛，
　　驚魂未定——
扭頭一看，奇觀突現：
　　原先的泉水衝破山岩，
在深淵之上凌空倒懸，
　　奔瀉沸騰！

1870

112　五月之夜

最後消失的一團烏雲，
　飛過我們頭頂。
一片輕柔透明的雲絮
　依近彎月消融。

春天施展神奇的魅力，
　　前額佩戴星星。
溫柔之夜，你曾允諾——
　　勞碌孕育歡情。

歡情何在？如同雲煙，
　　不在紅塵俗境。
隨它飛吧！御虛凌空——
　　我們飛向永恆！

1870

113　致布林任斯卡婭¹

又是春天！白樺樹梢
和柳樹枝頭葉子抖顫。
又是春天！你的相貌
又在我心中頻頻出現。

春天！春天！蓬勃開朗，

1　布林任斯卡婭，詩人費特的好友布林任斯基（？-1868）的遺孀。

讓我們相信生機無限！
我們的好友已長眠夢鄉，
他的墓園裡花朵鮮艷。

他說：「你該振作精神，
女人別承擔雙重憂患。」
當你帶著鮮花緬懷親人，
請帶去我對朋友的思念。

無力挽回逝去的歲月，
指望未來是自尋憂煩，
末日臨近，日子還得過，
而生活意味著隨遇而安。

1870

114　你純潔的光……

你純潔的光在我面前燃燒，
發出痛苦而枉然的呼喚，
這光芒激發無言的興奮，

但是它穿不透四周的黑暗。

讓人們說吧：這是癡人說夢，
隨他們肆意指責與詛咒，
大膽邁動不沉底的雙腳，
我沿著起伏不定的海浪行走。

你的光照耀我度過餘生；
它屬於我，給我雙重生命，
有你的託付，我想要歡呼，
哪怕瞬間也歡呼你的永恆！

1871

115　只要我面對你的微笑……

只要我面對你的微笑，
或凝視你喜悅的秋波，
就歌唱百看不厭的美，
而不是爲你唱情歌。

據說，歌手讚美玫瑰，
每當霞光燦爛的時刻，
歌聲迴盪，如癡如醉，
在花壇上空縷縷不絕。

花園的仙女正當妙齡，
靜默無語，高雅純潔：
只有歌兒才需要美，
而美卻從不需要歌。

1873

116 雲煙似有若無……

雲煙似有若無，
浮出一輪月亮，
蘋果櫻桃花竟放，
花園裡處處飄香。

相依相偎相吻，
急切而又大方，

難道你就不惆悵？
難道你就不憂傷？

夜鶯苦惱歌唱，
它已失去玫瑰，
古老的岩石悲傷，
淚水落入了池水。

姑娘低下頭來，
垂下兩條髮辮。
難道你就不困倦？
難道你就不辛酸？

1873 年 4 月

117　親愛的，你怎麼靜坐沉思……

親愛的，你怎麼靜坐沉思，
心不在焉，不聽也不看，
天已大亮，可你的眼睛裡
既沒有黑夜也沒有白天。

恍惚間是你在我的身邊，
順手拆散了一貫珍珠串；
我做夢聽見了奇妙的歌聲，
幾個詞兒至今仍燒灼心田。

情不自禁回憶那些詞句，
我想重新編排讓歌聲飛旋，
啊，對了，你似乎說過，
對我的責備在歌詞中蘊涵。

1875 年初

118　在星斗之間

縱然飛馳，你們也是定數的奴僕，
像我一樣，也恭順地屈從於瞬間，
但我只消看一眼這閃光的天書，
就能從中領悟並非定數的內涵。

如同伊斯蘭君主頭戴鑽石華冠，

然而你們無助於解救人間貧寒，
象形文字蘊涵堅定不移的理念，
你們說：「我們永恆，你卻短暫。

我們無窮。你追求永恆的夢幻，
你的想法太貪婪，追求也枉然；
我們在天上發光穿透夜的黑暗，
爲的是讓你嚮往白天太陽高懸。

這就是爲什麼每當你難以呼吸，
你不由自主地抬起頭來仰望天空，
大地上一派昏黑，蕭索而貧瘠，
看我們深邃的星空光明而璀璨！」

1876

119 長篇小說《戰爭與和平》問世
——寄贈列・尼・托爾斯泰[1]

空闊的大海無垠無涯，
變幻無窮，披銀灰袈裟，
曾深深吸引我的目光，
平靜時一派柔波澄碧，
狂暴時掀起驚濤萬里，
拍擊石岸如雷鳴轟響。

大海啊，你威力神奇！
你的光讓我感到詫異，
你的光照徹我的心靈；
驚歎於不屈不撓的美，
面對原自造化的雄偉，
我肅然起立心懷崇敬。

1877 年 4 月 23 日

---

1 詩人費特與大作家列・尼・托爾斯泰（1828-1910）是知心好友，保持了
二十多年的通信聯繫。

120　夜晚明亮⋯⋯

夜晚明亮。花園裡灑滿了月光。
銀輝落在腳旁，客廳沒有點燈。
鋼琴依舊敞開，琴索仍在顫動，
就像我們的心仍追隨你的歌聲。

你唱到黎明，疲憊，滿面淚水，
只有你懂得愛，愛得堅貞不移，
因此渴望生活，以便悄然無聲，
愛慕你，擁抱你，且為你哭泣。

痛苦無聊的歲月已經流逝多年，
寂靜的夜晚我又傾聽你的歌聲，
你的歌聲在空中蕩漾一如從前，
你就是全部生命，你就是愛情。

沒有屈辱，沒有更淒慘的沉痛，
生命沒有了結，沒有別的目的，

我唯獨只信仰如泣如訴的歌聲，
愛慕你，擁抱你，且為你哭泣！

1877 年 8 月 2 日

121　另一個我

像百合花凝視山澗的小溪，
你俯瞰著我的第一支歌曲，
這裡有沒有勝負？勝利屬於誰？
溪水勝了花兒？花兒勝了溪水？

你稚嫩的心靈想必完全理解，
神秘的力量驅使我說些什麼，
失去你注定了我的生活悲淒，
但我們心魂相繫，永不分離。

你墳頭的茅草是那樣遙遠，
長在我心裡，越老越新鮮，
我知道，當我仰望夜空的星辰，
你陪我一道觀望，超脫而成神。

愛情自有語彙，那語彙不朽，
我和你會有受人關注的時候，
與眾不同，人群中走出我和你，
我們心魂相繫，我們永不分離！

1878

122　你不再痛苦……

你不再痛苦，我卻依然痛心，
命中注定我會終生憂慮，
渾身顫抖，我不想去追尋──
那心靈永遠猜不透的謎。

有過黎明！我記得，我回憶──
月光、鮮花和充滿愛的話語，
沐浴在明眸親切的光波裏，
敏感的五月怎能不勃發生機！

明眸已消逝，墳墓何足懼？

我羨慕，羨慕你寂靜無聲，

何苦去評論善惡，分辨聖愚，

快呀，快進入你的虛無之境！

1878 年 11 月 4 日

123　致布林任斯卡婭

遠方摯友，你理解我的哭聲，

請原諒我這病態的吶喊。

每當想起你，我心中就激動，

我不可能不珍惜你的情感。

誰說我們不善於好好生活，

誰說我們無所用心遊手好閒？

誰說我們不懂得善良謙和，

誰說我們不肯爲美犧牲奉獻？

這些指責何在？心火熊熊，

一如從前我們想擁抱世界，

熱情枉自燃燒！無人回應，

呼聲再次響起，復歸寂滅。

唯獨有你！那友好的聲音
從遠方帶給我崇高的激情。
心中有靈感，面孔變紅潤。
夢中淚太多，我要拋棄夢！

痛苦的生活，實不足以惋惜，
生死何懼？可惜的是火光，
它正走向黑夜，邊走邊哭泣，
這火光曾把整個世界照亮。

1879 年 1 月 28 日

124　深邃的碧空……

深邃的碧空再度明朗，
空氣中洋溢春的芳香；
每一個瞬間每一個時辰，
迎親的新郎倌越來越近。

新娘子躺在冰棺當中，
昏迷不醒，仍在做夢，
渾身冰冷，不說一句話，
她從頭到腳受制於魔法。

但春天的鳥兒抖動翅膀，
從睫毛上面融化了冰霜，
凍僵的幻夢掙脫了寒冷，
流出的淚滴晶瑩而透明。

1879 年 5 月 22

80 年代

125 這清晨……

這清晨，這欣喜，
這晝與光的威力，
這長空澄碧，
這叫聲，這雁陣，
這飛鳥，這鳴禽，
這流水笑語；

這樹叢，這樺林，
這液滴，這淚痕，
這芽苞絨絮，
這峽谷，這山峰，
這蜜蜂，這昆蟲，
這哨音尖利；

這晚霞餘輝明麗，

這鄉村日暮歎息，

這夜晚失眠，

這臥榻悶熱幽暗，

這夜鶯嚦嚦鳴囀，

這都是春天！

1881

126 東方曲

美麗的朋友，你我跟什麼相似？

我們是兩條順河水穿遊的小魚，

我們是破舊的獨木舟上的雙槳，

我們是硬殼堅果裡的兩顆子粒，

我們是生活花朵上的兩隻蜜蜂，

我們是兩顆星嵌在高高的天際。

1882

127 給繆斯

你走來坐下。我喜憂參半，

反覆吟誦你充滿愛的詩篇；
我獻給你的禮物雖然微薄，
不亞於別人，我一向勤勉。

一心一意維護著你的自由，
不敬神明的人不許走向前，
我也不迎合奴隸們的狂暴，
不允許玷污你聖潔的語言。

不想看泥土，屹立在雲端，
你始終如一，超凡而入聖，
不朽的女神啊，頭戴星冠，
眉宇之間顯現沉思的笑容。

1882

128　為什麼？……

為什麼我跟大家都很隨和，
惟獨跟他仿佛有深淵相隔？
為什麼我見到他總想回避，

卻又不能不跟他隨處相遇？
為什麼當我看見他這個人，
不由得會把整個世界怨恨？
為什麼當我和他單獨相處，
情不自禁會對他嘲諷挖苦？
為什麼？誰能破解這個謎——
和他離別我竟會通宵哭泣？

1882

129　鳴叫的蒼鷺……

鳴叫的蒼鷺展翅飛出巢穴，
最後的露珠兒從樹葉滾落，
太陽輝耀在透明的碧空，
溪水平靜映出森林倒影。

心中的牽掛欲飛往九霄，
我發現人們又喜上眉梢：
是春天挽救了自己的太陽？
還是我的太陽在放射光芒？

1883

130　題丘特切夫詩集

詩人把它留給了我們，
這是追求高尚的憑證；
這裡生存著強大靈魂，
這裡凝聚著生命結晶。

荒原上難尋赫利孔山[1]，
冰川上沒有月桂蔥蘢，
丘特切夫不與土著爲伴，
蠻荒地不生阿納克利翁[2]。

而詩神繆斯維護眞理，
明察秋毫放好了天平：
這是一本薄薄的詩集，
卻比長篇巨著更厚重！

1883 年 12 月

1　赫利孔山，位於希臘中部，傳說爲繆斯女神居住之所。
2　阿納克利翁，古希臘詩人，生活於西元前 6 至 5 世紀。

131 致波隆斯基 [1]

謝謝！你激揚的琴聲，
讓我又想起當年情景，
少年氣盛詩筆狂放，
你衝破了思想的牢籠，
閃耀鑽石般的光芒。

一如往昔我與世無爭，
被人遺忘，躲進陰影，
俯下身軀跪在地上，
仍然癡迷於美的憧憬，
我點燃黃昏的燭光。

1883

1　波隆斯基（1819-1898），俄羅斯純藝術派詩人。

132　你該效法白樺……

你該效法白樺，學習橡樹。
四周是嚴酷的隆冬季節！
樹木無助的淚水已經凝固，
在瑟瑟顫抖中樹皮爆裂。

暴風雪越來越瘋狂兇猛，
狠狠地撕扯殘存的樹葉，
殘暴的寒冬正追捕心靈，
樹木肅立，你也該沉默！

但要相信春天。春光降臨，
生命與溫暖必將再度復活。
為生活美好，為新的歡欣，
屈辱的心該學會忍受折磨。

1883 年 12 月 31 日

133 蘸著自己的心血……

蘸著自己的心血我譜寫這些詩行，

看得出分離之苦我倆都難以承當，

看得出相思者追求解脫徒勞無益，

看得出歲月久已逝去就再難經歷，

看得出與其長年累月受相思折磨，

莫如當面相互指責反倒輕鬆快活。

1884

134 還有個被忘卻的字眼兒……

還有個被忘卻的字眼兒，

還有一聲不期然的感歎，

我願用心靈的語言解釋，

渴望再次跪倒在你面前。

心發顫，重欲釋放火焰，

雖然早就已熄滅了春天，

在月光之下這生命墓園，

夜闌更深，怕身影孤單。

1884

135　蝴蝶

你說得對。單憑空中舞姿翩翩，

　　我就這般可愛。

我一身絲絨，飛行時光彩閃閃——

　　就靠雙翅輕快。

你別問我：來自何方？飛向哪裏？

　　為何來去匆匆？

我在這裡落在花朵上輕輕呼吸，

　　暫且歇息行踪。

你若想問，有無追求？有無希望？

　　可想長久停留？

剎那之間，身體一顫，舒展翅膀——

　　我會立刻飛走。

1884

136　自由的鷹

你並非嬌嫩的食物餵養，
冬天不飛往溫暖的南方，
沒有什麼人時時刻刻
關愛地撫摸你的翅膀。

接近碧霄，在懸崖之巔，
棲息在一棵老橡樹上，
天生看慣了雲霓變幻，
勇於搏擊，不怕雨暴風狂。

炎熱、饑餓、天氣惡劣，
屢屢激發你年輕的力量，
銳利的目光隔海遙望，
你期盼冉冉升起的太陽。

看吧，一旦來了機會，
飛離巢穴，舒展開翅膀，

鼓動羽翼，信心百倍，
你在天空中自由地翱翔！

1884

137 燕子

悠閒地觀賞自然景致，
四周的一切俱已淡忘，
目光追蹤箭似的燕子，
疾速掠過傍晚的池塘。

猝然飛來，畫條弧線，
好險！那無情的力量
在琉璃似的水中潛藏──
幾乎抓住閃電的翅膀。

又是一道烏黑的流光，
再次目睹果敢的飛翔，
作為詩人，我的靈感，
豈不與這一情景相像？

陶器易碎，人生無常，

路途險峻，不容彷徨，

欲從幻海汲取一滴水，

我，難道不正是這樣？！

1884

138　致死神

我有感覺，我正走向生命的盡頭，

到時候痛苦全消失，沉醉於悠閒，

這就是爲什麼我不怕把你等候，

等沒有黎明的長夜，永久的安眠。

我不怕你的手來觸摸我的臉面，

任憑你從生命薄上抹去我的姓名，

只要我的心還跳動，我敢斷言，

我和你勢均力敵，爲此深感榮幸！

每時每刻你得屈從於我的意志，

虛幻的幽靈，你是我腳下的影子，
只要我一息尚存，充其量你只是——
是我陰鬱幻想的小小玩具而已！

1884

139 園中鮮花競放……

園中鮮花競放，
傍晚霞光如火，
我心中如此開朗如此喜悅！

忽而駐足佇立，
忽而來回徘徊，
我好像把神秘的話語期待。

看這燦爛晚霞，
看這怡人春光，
竟然這般奇妙，這般明朗！

胸中充滿歡樂，

卻想默默哭泣，
感謝你呀——五月的秘密！

1884

140 乾枯的花朵……

手指又翻開了那些親切的册頁；
我再一次黯然神傷止不住心跳，
只有我自己珍重這乾枯的花朵，
但願旁人或陣風別把它們拋掉。

萬事皆成空！付出了整個生命，
經歷火樣的犧牲，神聖的殉葬，
孤獨的心裡只留下難言的沉痛，
留下這些乾枯花瓣的慘澹印象。

但這些花朵為我的記憶所珍惜；
沒有花，歷歷往事如一場噩夢，
沒有花，只剩下譴責還有悲戚，
沒有花，就沒有寬恕沒有安寧！

1884 年 5 月 29 日

141　冬夜閃閃發光……

當草原、村舍和大森林
都在白雪覆蓋下沉睡，
冬夜閃閃發光顯示威力，
這是一種純潔無瑕之美。

夏季夜晚的濃陰已消失，
樹木也不再喧嘩抱怨，
夜空萬里無雲星光熠熠，
愈發明晰，愈發燦爛

彷彿是遵照神明的指點，
此時此刻你沉靜虔誠，
獨自觀賞大自然的安眠，
領悟宇宙祥和的夢境。

1885

142　你什麼也不回答……

椴樹叢灑下炎熱的太陽光束，
你勾畫著長椅前閃光的沙土，
我全身心沉醉於美妙的幻想，——
你什麼也不回答，一聲不響。

我早就斷定我們倆心心相印，
知道你為我會獻出歡樂青春；
衣服破舊，我說這不算過錯，
你什麼也不回答，一直沉默。

我再三重複：我們不宜相愛，
過去的日子我們該淡忘拋開，
說美好花朵開放在未來歲月，——
你什麼也不回答，一直沉默。

我不錯眼珠凝視著長眠的你，
真想破解那業已熄滅的秘密。

我又怎麼能夠遺忘你的面龐？——
你什麼也不回答，一聲不響。

1885

143　我對你什麼也不想說……

我對你什麼也不想說，
絲毫也不想把你驚擾，
有話存在心保持緘默，
無論如何不讓你知道。

夜晚的花朵白天睡眠，
一旦太陽落進了叢林，
萬千葉子靜靜地舒展，
我傾聽一顆澎湃的心。

胸膛疲憊，夜風泛潮，
濕氣襲來，渾身哆嗦，
絲毫也不想把你驚擾，
我對你什麼也不想說。

1885 年 9 月 2 日

144 走在皎潔的月光裡……

讓我陪伴你出去散步，
走在皎潔的月光裡。
何必讓心靈忍受熬煎，
昏暗中你默默無語！

池塘閃爍銀灰色的光，
青草在嚶嚶哭泣，
風車、小溪、迢迢遠方，
溶在皎潔的月光裡！

豈能一味苦惱？我們
該領略生活的魅力！
讓我們出門悠閒散步，
走在皎潔的月光裡。

1885 年 12 月 27 日

145　你身陷火海……

你身陷火海，你的閃光
把我映照得也很明亮；
有你溫柔的秋波庇護，
我不因漫天大火而驚慌。

但是我害怕凌空飛翔，
我難以平衡搖搖晃晃，
你的形象乃心靈所賜，
我該怎麼樣把它珍藏？

我擔心自己面色蒼白，
會讓你厭倦垂下目光，
在你面前我剛剛清醒，
熄滅的火又燒灼胸膛。

1886 年 3 月 8 日

146　我總是夢見……

我總是夢見你痛哭失聲，
那是委屈而無力的悲泣，
我也常常夢見歡樂的時辰，
我懇求過你，但卻害了你。

歲月如流，我們學會了愛，
粲然的微笑，淒然的憂傷，
光陰似箭，分手實屬無奈，
命運把我拋向了茫茫遠方。

你伸出手來問：「你要走？」
我看見你眼睛裡含著眼淚；
這晶瑩淚光，這陣陣顫抖，
讓我失眠，常常咀嚼愧悔。

1886 年 4 月 2 日

147　寫給頑童

不管你跑到什麼地方，
說起話來如銀鈴響亮。
我看見你的面頰火紅，
天真的眼睛閃閃發亮。

但是，頑皮豈能久長？
五月一到會使你憂傷：
玫瑰的花蕾一旦開放，
然後就褪色變得枯黃。

1886 年 4 月 18 日

148　布穀鳥

樹梢柔嫩，草葉尖細，
春天的汁液滋潤草木，
從遙遠的林間空地
隱約傳來鳥鳴：咕咕。

早晨，盡情愛吧，心！
愛世代生存的萬物；
那鳥鳴聲越來越近，
金子一般寶貴：咕咕。

也許有人會感到悲戚，
因傷春而覺得愁苦？
那鳥鳴聲連響了三次，
清晰又懶散：咕咕。

1886 年 5 月 17 日

149　超越擁擠的街道⋯⋯

超越擁擠的街道，在樓頂上，
　　開個小小窗戶，
我要認識你，可愛的小姑娘，
　　我對你心懷傾慕。

我總覺得，你稚氣的眼睛閃光，

決非無緣無故，

你蓬蓬松松的髮綹向我低垂，

　　我卻看不清楚！

我想：我們倆要是在地面約會，

　　距離太遠，太低，

假如暮色蒼茫在這樓頂上面談，

　　自由自在多麼親密！

1887 年 6 月 6 日

150　霧靄彌漫……

霧靄彌漫飄出了森林，

漸漸籠罩可愛的村莊；

春天的太陽光芒四射，

風兒把霧幛吹向遠方。

憂傷的雲霧久久飄浮，

飄過遼闊的陸地海洋，

但陰雲依然眷戀故土，

在家鄉上空淚水流淌。

1886 年 6 月 9 日

151　高山之巔

踏過鬱鬱蒼蒼的林莽，
凌駕山嶺，超越雲層，
吸引凡夫俗子的目光，
讓他們翹首仰望碧空。

從來不想把塵埃遮掩，
珍視銀光閃爍的雪袍，
命中注定在世界邊緣，
不甘俯就而面向崇高。

不受柔弱歎息的觸動，
也不為人間疾苦憂煩，
腳下的雲絮漸漸消融，
恰似香爐的嫋嫋青煙。

1886 年 7 月

152　秋天的月季

落葉紛紛，林梢稀疏，
花園露出光裸的前額，
九月哀歎，夜風吹拂，
大麗菊花叢淒然凋落。

只有你不畏嚴寒威逼，
置身凋零的草木之間，
月季皇后呀，唯獨你 ——
芳香馥鬱，開得鮮艷。

敢於蔑視考驗的殘酷，
也不怕季節充滿敵意，
你姿韻神秀花團錦簇，
向我傳布春天的消息。

1886 年 9 月 18 日

153 假如清爽的早晨……

假如清爽的早晨使你歡欣，
假如你看重這美好的贈品——
即便愛得短暫，只愛一瞬，
請你把這朵玫瑰贈予詩人。

也許你將另有所愛，也許
將不止一次承受人世艱辛，
但這一朵玫瑰花永遠芳香，
盡可在深情的詩句中找尋。

1887 年 1 月 10 日

154 癡迷的詩句……

癡迷的詩句讓我富裕！
詩的光芒讓我心滿意足：
夜空點綴我的萬千鑽石，
大地鋪滿了露水的珍珠。

出來吧，美女，不必擔心！
歌聲迴盪，多姿又多采，
這都是我，會魔法的詩人，
爲短暫溫存付出的慷慨。

但你把花朵佩戴在胸前，
面帶頑皮或狡黠的微笑，
你視線溫和飄忽如煙，
自有主見在胸中燃燒。

青春的嬌羞忽然浮現，
面如霞光，隱隱泛紅，
在你面前我多麼可憐，
多麼無助又多麼不幸！

1887 年 2 月 1 日

155　不，我沒有背棄……

不，我沒有背棄。直到衰邁暮年，

我還是你愛情的奴隸，依舊忠誠，
愛如鎖鏈，那毒汁既甜蜜又辛酸，
　　　仍在我血液裡沸騰。

雖然記憶一再說，你我隔著墳墓，
雖然我也痛苦，一天天走向墳塋，——
可是說你忘了我，我決不會信服，
　　　當你在我面前晃動。

只要另一個美女忽然間光彩閃現，
恍惚之間，我能夠認出你的模樣，
再次沐浴往日的柔情，渾身震顫，
　　　情不自禁我要歌唱！

1887 年 2 月 2 日

156　當你默默誦讀……

當你默默誦讀愁腸百結的詩篇，
詩行中心在燃燒光焰照亮四方，
屢受挫折的激情化為滾滾濃煙——

你可曾把什麼回想？

真是難以置信！神奇出乎想像，
午夜裡黑沉沉的草原大火燃燒，
你看見遠方的烈火壯麗又輝煌，
　　恰似漫天霞光閃耀！

這罕見的奇觀真讓人萬分驚異，
看那熊熊的烈焰能把黑暗驅盡──
莫非那時刻沒有什麼人提醒你：
　　燃燒的準是那個人！

1887 年 2 月 15 日

157　暗夜中傳來什麼聲音？……

暗夜中傳來什麼聲音？天知道──
　　呻吟的是鴞還是鷸鳥。
聲音含著離愁，聲音含著苦惱，
　　遠方含混的聲聲鳥叫。

彷彿夜晚連續失眠的病態夢幻，

　　就匯集在這悲鳴之中 ——

無須燈光，無須凝視，無須語言，

　　呼吸告訴我你的行蹤。

1887 年 4 月 10 日

158　我們的語言多貧乏！……

我們的語言多貧乏！想說卻不能！

縱然胸中萬千思緒如同浪濤翻騰，

無論對友對敵，愛憎都難表達。

面對著這命中注定的虛妄語言，

人們的心靈長年累月忍受熬煎，

即便智慧長者也只能把頭低下。

唯獨你，詩人，掌握飛翔的音符，

能夠讓心靈含混的夢囈突然凝固，

能把茵茵青草的幽香譜入詩篇；

這倒像丘比特的神鷹追逐烏雲，

離開荒僻峽谷醉心於長空無垠，

轉瞬之間能用利爪捕捉住閃電。

1887 年 6 月 11 日

159　現在的一切……

現在的一切，過去的一切，
幻想與夢境均不受時間制約；
沉入美好夢想的心不去分辨：
老年與青年的夢有何區別。

拋開日常的事務與操勞，
最好有片刻的歡樂與輕鬆；
只要心還在胸腔裡燃燒，
它渴望展開翅膀盡情飛騰。

哪裡由冷酷如鐵的命運主宰，
那裡就談不上自由和幸福，
來吧！這裡不受自然的奴役，
心靈才是自身忠實的奴僕。

1887 年 7 月 17 日

160 輕輕一推……

輕輕一推驅動命運之舟，
掙脫落潮後平展的沙灘，
以嶄新生命隨浪濤漂流，
爽心的風來自蔥蘢海岸，

讓陌生的親情充溢心中，
喊一聲驅散焦灼的夢幻，
立刻體驗出別人的苦痛，
起死回生給隱憂以甘甜，

悄悄說無人敢說的實話，
讓無畏的心靈投入決戰——
傑出的詩人方有此才華，
卓然不群他頭戴著桂冠！

1887 年 10 月 28 日

161　焰火繽紛

我心中燃燒徒勞無益，
難以照亮漆黑的夜空：
沿著急促呼吸的軌跡，
我在你面前向上飛行。

尾隨幻想我飛向死寂，
命中注定我珍惜幻夢，
高高的空中一聲歎息，
焰火的淚雨四射紛呈。

1888 年 1 月 24 日

162　鑽石

不想點綴王后的前額，
不把堅硬的玻璃切割，
造化賦予七彩的光澤，
向四面八方頻頻閃爍。

陳腐的生活變化多端，

萬千現象雜亂而繽紛；

光彩絢麗又恒定不變，

唯獨你永遠保持眞純。

1888 年 2 月 9 日

163　為邁科夫[1]壽辰而作

南方飛來五十隻天鵝，

攜帶著春天悠揚的叫聲，

九霄中迴盪天鵝之歌，

我們從大地仰望、傾聽。

邁科夫憑藉詩筆神奇，

能把歌聲化爲靑銅雕塑，

爲此我們在隆重節日，

特向詩人致壽辰的祝福。

1　阿波羅・尼古拉耶維奇・邁科夫（1821-1897），俄羅斯純藝術派詩人。

出類拔萃，才華獨具，
半世紀爲羅斯譜寫詩章，
他的詩句如珍珠美玉──
誰還膽敢造次把他頌揚？

興奮讓我們不甘緘默，
但興奮者很快被人遺忘，
而詩人像展翅的天鵝，
將永遠在藍天高高飛翔。

1888 年 4 月 30 日

164　我心裡多麼想……

我心裡多麼想再次握握你的手！
我自然知道往日幸福渺茫難求，
但老眼昏花衰邁暮年依然祈盼，
祈盼和癡情的美人兒再度相見。

林蔭路赤裸，腳下落葉簌簌有聲，
不知爲什麼心兒忐忑隱隱作痛，

如果說踐踏落葉腳底板已經疲倦，
想當年這落葉也曾把幸福遮掩。

1888 年 8 月 14 日

165　受繆斯關愛五十年而作

歲月之初我懷有許多夢想，
那理想與夢幻清晰又奇妙，
一支歌出口，百支歌飛翔，
我隱秘的激情便自由燃燒。

歌聲原是來自天堂的群鳥，
由於幸福或痛苦鳥兒震顫，
群鳥期盼它們的歌聲繚繞，
期盼靈敏的耳朵能夠聽見。

歌聲等待朋友等了五十年，
我猜測誰為鳥兒構築巢穴；
哦，今天這日子奇妙非凡！——
四面八方傳來了悠揚的歌。

沒有外人，這裡融洽親切，
沒有對手，四周全是朋友，
我把你擁入懷抱心口相貼，
感謝你充滿了關愛的問候！……

1889 年 1 月 14 日

166　遠離燈光……

遠離燈光和是非的人群，
我們倆悄悄地跑到一邊；
唯獨你我在涼爽的樹蔭，
與第三個澄澈之夜為伴。

怯懦的心兒一直怦怦跳，
它渴望奉獻並維護幸福，
秘密可以不讓別人知道，
但卻躲不開星星的耳目。

這輕霧繚繞的午夜時分，

寂靜、溫順、月色如銀，
午夜只注視永恆與眞純，
那是它散發的清爽溫馨。

1889 年 2 月 7 日

167 人的語言竟如此笨拙……

人的語言竟如此笨拙，
小聲說出來亦覺羞愧！
在你面前我羨慕花朵，
羨慕微微綻放的玫瑰。

玫瑰漸漸張開了紅唇，
輕輕呼吸，默默祈禱，
花兒祈盼你留住清純，
像它的花蕊一樣美好。

呼吸與目光意味深長，
體驗了幸福花兒凋謝，
玫瑰冠冕散發出幽香，

向它的根基紛紛飄落。

1889 年 10 月初

90 年代

168　給她

什麼人能領會你的微笑，
理解你天藍明眸的神色，
他就會明白我的祈禱，
明白我激動不已的歌。

熱土上的白晝漸趨沉寂，
年輕的阿波羅紅袍在身，
噴射著火焰向遠方走去，
攜帶著他的箭囊與豎琴。

任你是誘人的迴光返照，
即便你一心追隨著太陽，
但此時此刻我為你祈禱，
求你為我的心帶來霞光。

1890 年 4 月 21 日

169 盪鞦韆

又是傍晚的朦朧幽暗，
緊緊抓住繃直的長繩，
雙雙站在晃動的木板，
我們面對面盪向高空。

越是接近高高的樹冠，
我們心裡就越發驚恐，
凌空飛行，超越地面，
我們心裡倒越發高興。

不錯，這是賭博遊戲，
賭博就可能招致不幸，
親愛的，這就是歡娛，
我和你是在賭博生命！

1890 年 4 月 26 日

170　夢中

夢中又見熟悉的面龐，
再一次目睹青春嬌媚，
傾慕的語言匯成波浪，
你的形象我由衷讚美。

沒有懷疑，沒有惆悵，
夢境中我能盡情訴說，
飛行的大船駛向遠方，
越飛越遠載著你和我。

屈膝跪倒在你的面前，
神奇的變幻讓我陶醉，
搖搖晃晃我把你追趕，
含糊的聲音飄逝如飛。

1890 年 4 月 26 日

171　遙寄泯滅的星

藍藍夜空問訊的眼睛，
我可要久久凝視你的光輝？
一直沉醉這夜的迷宮，
有什麼能比你更高、更美？

或許久遠的時代使你泯滅，
星光裏難尋你的踪影——
那就讓我的亡靈借助詩歌，
飛向星魂做歎息幽靈！

1890 年 5 月 6 日

172　雖說命運……

雖說命運沒有賜予我幸福，
何苦無意間暗示這一點？
仿佛在苦樂參半的夢境中，
也不許傾訴對你的愛戀。

雖說我坦然承認自己荒唐，
你又何必介意唐突之言？
此刻你垂下絲絨般的睫毛，
可是掩飾你心中的不滿？

我不求青睞——你的憂傷，
佯裝的憂傷也給我壯膽，
我從遠方請求，求你應允，
允許荒唐詩人讚美嬌艷。

1890 年 6 月 16 日

173　愛情中早已缺乏歡樂……

　　愛情中早已缺乏歡樂，
沒有回應的歎息，沒有歡欣的淚；
　　曾經的甜蜜化為苦澀，
玫瑰花瓣飄零，幻想星散付流水。

　　忘掉我，把我視為陌路人！

但你背過身去，顯然你還在抱怨，

　　你像從前仍在把我責備……

啊，你讓我多麼痛心，又多麼難堪！

1890 年 6 月 24 日

174　有人禁止……

有人禁止我和你親近，

有人禁止你從家裡出來，

有人禁止，不得不承認，

禁止我們倆彼此相愛。

但有一條誰也禁止不了，

想禁止我們也不可能——

歌聲，長翅膀的歌聲，

讓我們愛得真誠而永恆！

1890 年 7 月 7 日

175　致波隆斯基[1]

相當年你有豐富的閱歷，
這本是成功的無價保證：
你親口說過你滿懷愛意，
也曾放聲歌唱宛如夜鶯。

誰不爲鍾情的鳥兒歡樂？
春天的夜晚它唱得沉醉，
但對聆聽你的朋友來說，
你呀，詩人，珍貴百倍！

1890 年 8 月 26 日

176　九月的薔薇

由於呼吸清晨的寒氣，
微微綻露芳唇的紅潤，
九月的日子轉瞬即逝，

1　波隆斯基（1819-1898），俄羅斯純藝術派詩人。

薔薇的怪笑令人納悶。

仰望高空飛舞的山雀，
置身早已光裸的樹叢，
薔薇女皇以高傲神色
問候春天，面帶笑容。

懷著不懈的希望開放，
告別這冷冰冰的花圃，
最後一朵醉人的芳香，
依偎年輕主婦的胸脯！

1890 年 11 月 22 日

177　假如我心裏……

假如我心裡沒有對你的熱切摯愛，
無論如何我對你說不出這些話來；
我害怕讓你生氣，怕你覺得委屈，
我怕最後一點希望熄滅無蹤無跡。

莫非缺乏毅力沒有膽量正視災禍？

我可以歷經長久歲月而無言沉默，——

然而一講別的事我不免謊話連篇，

只有面對你撒謊 —— 我確實不敢。

1891 年 1 月 18 日

178　春天的日子……

春天的日子多愁善感，

鬱鬱寡歡你消磨了一天，

你把疲憊的一臉苦笑，

帶給了沉寂寧靜的夜晚。

我的心追隨你的步履，

懷著信任，懷著依戀，

我一直覺得你的面頰，

會重新泛出紅潤火焰。

但這火焰中藏著什麼？

哪一位智者能夠判斷！——

是往日憂傷行將熄滅？
還是霞光因我而燦爛？

1891 年 1 月 21 日

179　最為真摯⋯⋯

像春天樹林裡自由的鳥，
我的口哨高亢而悠揚，
最為真摯，最為單純，
合唱中我的聲音最響亮。

萬籟俱寂，冬天來臨，
再沒有鳥兒落在樹枝；
我這隻鳥兒格外幸運，
被你關進了金鳥籠裡。

請伸出纖手，親愛的，
讓我用羽翼貼近臂膀，
縱然亢奮會導致死亡，
至死我也要放聲歌唱！

1891 年 1 月 22 日

180　明天的事……

生活──紛繁而又複雜，
明天的事，我可說不清；
但是今天，我誠心懇求──
你不要小聲說什麼愼重！

如何控制自己？當眼睛
因滿含淚水而變得朦朧，
此時此刻，是脈脈溫情
把我們引入芳香的環境。

眼下可不是思考的時間，
當心潮激盪耳中轟鳴，
此時高談闊論讓人羞慚，
而失去理智反倒聰明。

1891 年 1 月 25 日

181 空中升起月亮……

暖和的白晝剛過，
空中升起月亮，
綻露花蕊的花朵，
在我心頭開放。

對花朵愛護珍惜——
委實幸福無比！
沒有人能看見你，
叫我格外欣喜！

走進夜的花圃，
你看我步履匆忙——
不管走到何處，
我攜帶花的芳香。

1891 年 2 月 11 日

182　我傾聽……

我傾聽，我向威嚴的命運屈服，
我早就告誡自己：無須抗爭；
但面對淚水漣漣的屈從與付出，
愛情，又怎麼能默不作聲？

但願歡樂剎那之間能忘卻斥責，
任明天的法官依然鐵面如冰，——
目光癡迷久久親吻，此時此刻
讓火焰一般的欲望盡情放縱！

1891 年 2 月 27 日

183　我們再次相聚……

我們像從嚴酷的隆冬季節蘇醒，
　　久別之後再次相聚，
相互緊緊握手，雙手冰一樣冷，
　　我們流淚，我們哭泣！

但人們總是想用看不見的枷鎖
　　　鉗制我們，千方百計，
我們常常是四目對視正襟危坐，
　　　我們流淚，我們哭泣！

看，太陽從黑暗中放射出光華，
　　　照亮烏雲，顯示威力，
春天來了，我們倆坐在柳樹下，
　　　我們流淚，我們哭泣！

1891 年 3 月 30 日

184　為什麼？……

為什麼當你埋頭於手工，
霞光照得你神采奕奕，
芳香的氛圍令我傾倒，
讓我一步一步地接近你？

為什麼話語明明白白，

我卻苦苦追尋它的含意？

爲什麼話語簡簡單單，

我輕輕說出如傾吐秘密？

爲什麼話音鑽進心裏，

就像是火辣辣的針刺？

爲什麼空氣這般稀薄？

我多麼想深深地歎息！

1891 年 12 月 3 日

185 愛我吧！……

愛我吧!一旦你溫柔的視線

　　給我以靑睞，

我便把帶花紋的錦繡地毯

　　爲你而鋪開。

難以言喻的願望化爲翅膀，

　　飄然而騰空，

激情如火，陶醉於美好幻想，

　　任我們飛行！

在夢境一般的碧空裡浮現，
　　你沐浴光明，
你已經永生，歌聲與優美
　　是你的生命。

1891 年 4 月 13 日

186　啊，苦苦思慕……

啊，苦苦思慕讓我心情緊張，
當晚霞如此美好的時刻，
站在陽臺上你面對陽光，
我的激動也許你並不理解。

下邊幽暗的花園已經入睡，
只有高高的白楊在遠方遐想，
樹葉翻動捕捉告別的餘暉，
像純金和碎銀一樣閃閃發亮。

我知道：在這美好的夜晚，

這時候天空明朗，心境澄澈，

出現這一切都決非偶然，

像是爲苦苦的追求給予辯解。

1891 年 8 月 12 日

187　致柴可夫斯基¹

我們的頌詩，親切的詩句，

　　本不想把他奉承；

豈料音樂轟鳴，詩人讚譽，

　　竟然違背了初衷。

由表及裏被他的琴聲感染，

　　深深震撼心靈，

興奮得無力分辨詩樂界限，

　　心情彼此相通。

1　柴可夫斯基（1840-1893）俄羅斯卓越的作曲家，代表作有舞劇《天鵝湖》、《睡美人》、《胡桃夾子》等，曾爲費特的抒情詩譜曲，是詩人的忘年之交。

既然如此，就讓我們的詩神
　　把樂師高聲讚頌，
讓他振奮，如酒杯泡沫翻滾，
　　像心臟歡快跳動！

1891 年 8 月 18 日

188　月亮和玫瑰

月亮

我早早地升到山上，
爲的是看見你開放，
整個夜晚心裡祈求，
你不說話不趕我走，
但面對著你的花叢，
卻不見芳唇的鮮紅。

玫瑰

無論什麼人的歎息，
難與你的清輝相比，
但休要驚擾我的心；
我期待白晝的熱吻，
我期待加冕的國王，
燦爛霞光爲它珍藏——
馥鬱芳香鮮艷純美，
浸潤鑽石般的露水。

1891 年 9 月 25 日

189　雲杉舉衣袖……

雲杉舉衣袖，把我的小徑遮斷。
　　風。獨自徘徊在森林，
旣嘈雜又恐怖，旣欣喜也憂煩，
　　心境茫然我陷於苦悶。

風。四周的灌木叢林喧囂搖晃，
　　我的腳底下落葉飛旋，
聽！一支纖細的號角淸脆悠揚，

忽然從遠方傳到耳畔。

我覺得，這銅聲銅音分外動聽，

　　那枯枝敗葉與我何干？

原來是你 ── 在遠方滿懷深情，

　　把不幸的漂泊者呼喚。

1891 年 11 月 4 日

190　我一時慌亂……

我一時慌亂陷入沉默，

你的嚴厲眞讓我困惑，

只不過心裡仍然不信，

你說話也會冷酷尖刻。

我知道寒冬偶爾回潮，

即便節令已臨近四月，

刺骨的雪片凌空飛旋，

肆虐的風暴呼嘯不絕。

但轉瞬升起春之太陽，
陽光普照嫩綠的原野，
復活的大地發出讚歎，
感受天堂幸福的歡樂。

1892 年 3 月 26 日

詩人音樂家 —— 費特

普拉什克維奇　著

谷羽　譯

> 像黎明的芒蚊
>
> 亂紛紛的聲音交加匯集；
>
> 這顆疲憊的心，
>
> 不忍與可愛的幻想分離。

> 但靈感的火花
>
> 正在日常的荊棘中憂淒；
>
> 而往日的求索
>
> 似黃昏的槍聲早已沉寂。

> 那陳年的記憶
>
> 仍時時潛入忐忑的心底……
>
> 噢，脫離言語，
>
> 或許，才能夠表白心跡！

　　1820 年 10 月或 11 月，費特出生於俄羅斯奧廖爾省姆岑斯克縣諾沃肖爾卡村。他的父親是貴族地主阿方納西‧涅奧菲托維奇‧申欣，母親是夏洛蒂—伊麗莎白‧菲奧特。夏洛蒂是申欣去德國療養時帶回來的。

過了兩年他們舉行了正式婚禮，他們的子女都用申欣作為姓氏，不料，他們的頭生子長到十四歲的時候，奧廖爾宗教事務所出面干預，斷定他們的長子是在他們正式結婚之前出生的，是夏洛蒂的兒子，因此沒有權利使用申欣這個姓，也不能繼承貴族的一切特權，只能算是申欣的私生子。這樣一來，費特就在一夜之間由一個俄羅斯貴族的後代，突然變成了一無所有的平民，他喪失了本來應該享有的一切特權，最讓他難以容忍的是從此以後他在所有的官方文檔上簽名，只能簽署「外國人阿方納西耶維奇・費特」。

無論如何要討回喪失的貴族身分，這成了費特生活中最強烈的願望。

1838 年春天，在愛沙尼亞的維羅市一所德語中學畢業後，費特進入了由歷史學教授米・彼・波戈金創辦的莫斯科寄宿學校的大學預科，同年考進了莫斯科大學語文系，直到 1844 年畢業。在大學期間，費特和詩人阿波羅・戈利高里耶夫成了好朋友。費特後來曾經寫道：「本來應該勤奮地去聽課，可是我做不到，我幾乎每天都沉迷於寫詩。」在莫斯科，費特經常拜訪卡拉麗娜・巴甫洛娃和費多爾・格林卡的詩歌沙龍，並且跟波隆斯基、赫爾岑以及阿克薩科夫兄弟成了要好的朋友。1840 年，他用阿・費為筆名出版了第一本詩集《抒情詩選萃》，受到了批評和公然的嘲笑。但是，到了 1842 年，費特在《莫斯科人》以及《祖國紀事》等雜誌上發表的詩作已經引起了許多批評家的認真關注。別林斯基在《1843年俄羅斯文學》這篇綜述性的評論中甚至著重指出：「莫斯科健在的詩人當中最有才華的當數費特先生」。然而這些成就並不能讓費特本人感到高興，失去了貴族身分依然是令他苦悶的主要根源。戈利高里耶夫回憶說：「對於創作才能，他持一種無所謂的冷淡態度。對一切事物都很淡漠，在創作中唯獨對神的世界滿懷虔誠，不過，沒過多久，他的作品

裡就再也沒有了尋求神靈的主題；對自己，同樣冷淡，不久就放棄了成為藝術家的理想。這個人在生計中似乎不斷地意識到自己的使命，但隨後就會放棄……他的內心深處焦慮痛苦，當然，這痛苦並非是某一天突然出現的，那是常年積累的結果。這種性格的人一心想成為他渴望成為的那種人物，不然的話，很容易自尋短見，走上絕路……我還從來沒有見過像他這樣心事重重沉默寡言的人，我總擔心他會自殺……我替他害怕，夜晚常常坐在他的床邊，想方設法跟他聊天，盡力減輕他心頭的鬱悶，讓他那混亂可怕的情緒或多或少能得以舒緩……」

　　大學畢業以後，費特決定參軍去部隊服役。根據那個時代的法律規定，平民出身的人如果在軍隊能當上軍官，就能夠獲得貴族身分，當時只有晉升為八等文官才能獲得貴族稱號。費特沒有什麼可以指望的社會關係，1845 年他只能以下士身分到偏遠地區一個騎兵團服役，從此以後他輾轉在部隊駐防的赫爾松省的小城鎮或者鄉村，度過了將近十年的軍旅生涯。讓費特痛苦失望的是，就在他即將得到一級軍官官銜之前幾個月，軍隊頒布了法令，規定只有少校軍銜才能獲得貴族身分。

　　除了這件令人沮喪的遭遇，他的戀愛也釀成了一場悲劇。他喜歡一位鄉下小姐瑪麗婭‧拉季綺，小姐的父親是赫爾松當地一個不太富裕的地主。照費特的說法，由於沒有經濟力量供養家小，他不能娶拉季綺為妻，實際上他可能另有考慮，只不過誇大了當時的困難。費特在給朋友伊‧尼‧鮑利索夫的一封信中寫道：「我不能放棄最後一塊希望的舢板，不能不經抗爭就獻出自己的生命……我不能跟拉季綺結婚，況且她也瞭解這一點，不過她懇求不要中斷我們之間的關係。這場戀愛是命中注定的死結，我越想解開它，它反倒收縮得越緊，本該用利劍斬斷情絲，我卻沒有那種氣魄和力量……」他的表白讓人有些意外：「你知道嗎，我

一心牽掛著軍務，所有其他的事情都像一團亂麻似的讓我厭煩……」

　　命運以自身的力量打破了這個僵局：由於不慎拋出的一根火柴引發了一場火災，瑪麗婭・拉季綺葬身火海，結束了她不幸的一生。

　　1853 年費特終於時來運轉，有機會調入駐紮在沃爾霍夫區的禁衛軍御前槍騎兵團。從此他可以經常在首都逗留，他跟屠格涅夫成了朋友，進入了由涅克拉索夫主編的《現代人》雜誌同人的圈子。「從四十年代開始，費特就在文學界以其詩歌創作小有名氣，」帕納耶娃用並非恭維的口吻提到費特，她說，「不過，五十年代初期我跟他才相識。他利用休假來彼得堡住些日子，這樣我跟他就天天見面。費特心情很好，時有靈感，因而幾乎每天都能帶來新創作的詩歌作品，只要有人請他朗讀，他就會為涅克拉索夫、為我和其他文學家當面朗誦。屠格涅夫發現，費特像臭蟲一樣多產，他認為，或許有一個整編騎兵連的騎兵騎馬馳騁踐踏費特的腦袋，以致讓他昏頭脹腦，常常寫出一些莫名其妙不知所云的詩句。誰知，費特依然確信，屠格涅夫為他的詩歌欣喜欲狂，他自豪地說，屠格涅夫聽完朗誦，緊緊擁抱住他，說這是他所創作的最好詩篇……」

　　1856 年費特的詩集出版問世，批評界給予一致的好評。對於詩人說來，這一時期繼續在軍中服役已經完全失去了意義，原因是軍隊中又頒布了新法令，只有升遷到上校軍銜才有資格獲得貴族身分。經過多年努力，費特好不容易才獲得了中尉軍銜，繼續升遷，沒有指望。詩人請了假出國旅行，回國後申請退役，然後在莫斯科定居。1857 年，費特結了婚，他娶了瑪麗婭・鮑特金娜為妻，岳父是經營茶葉生意的富商。新婚妻子相貌平平，還有一段諱莫如深的失敗婚姻。不過，費特追求的既非美貌，也不是精神上的知己。他在給鮑利索夫的信中寫道：「我的理想

世界早就已經崩潰。我要找的只不過是個家庭主婦，我跟她過日子，不需要互相理解。我永遠也不會抱怨這種彼此隔膜的狀態，無論什麼人都不會聽到我訴苦或者發牢騷，這樣一來我就能確信，我盡到了自己的責任，僅此而已……」

　　曾經有一段時間，費特打算以文學創作爲生，不過，很快他就明白了，這樣做是行不通的。因爲他向來認爲藝術的唯一目的是塑造既豐滿又單純的形象，這種形象是在藝術家處於亢奮狀態的某一時刻產生的。他曾經堅定不移地強調說：「藝術不可能有其他的目的。具有某種說教傾向的作品純屬垃圾。」他認爲，只有迅速變化的心緒值得關注。「在自由的藝術創作中，跟無意識的直覺（靈感）相比較而言，我並不看重理智。」費特的同時代人常常指責詩人的作品過於複雜，甚至責備說，他的作品難以理解，他們引用下列詩句，比如：響亮的花園，融化的小提琴，緋紅的矜持，死氣沉沉的幻想，芳香四溢的話語，他們直截了當地認定這些詞語荒謬、一竅不通。但是，詩人毫不含糊地給予駁斥：「對於我們這一行當來說，真正的荒謬就是純粹的真理。」他給波隆斯基寫信說：「沒有什麼人能像我一樣高度評價阿·托爾斯泰，認爲他是最可愛、最有教養、題材涉獵最廣泛的詩人。他同樣認定目標一直前行而不會左右搖擺。他的作品裡沒有那些瘋狂的、胡言亂語的雜質，不過，在我看來，沒有狂悖的胡言亂語便不成其爲詩。儘管他把整個宮廷裡的椅子和凳子都包裹上威尼斯天鵝絨再綴上金黃色的穗子，我也只能把他稱呼爲第一流的包裝工匠。詩人是瘋子，永遠是不合時宜的人，他口中叨念的是只有神仙明白的胡言亂語。」

　　意識到文學創作難以維持一家的生計，費特於 1862 年在老家奧廖爾省姆岑斯克縣的斯捷潘諾夫卡村購買了二百二十多公頃的土地。他的妻

子鮑特金娜很失望，不想離開莫斯科去鄉下，哥哥鮑特金勸她說：「瑪莎，經營農業能夠吸引費特，讓他集中精力，使他那顆心安定下來，你對你丈夫的心並不完全理解，因為對於他說來，現在的文學已經不是從前的文學了，他所喜歡的是內省的詩歌作品。」屠格涅夫在給波隆斯基的一封信中表達了他的迷惑不解：「現在費特鐵了心經營他的土地和莊園。他留起了長長的鬍鬚，弄得毛髮亂蓬蓬的，根本不想聽人談論文學，一提到雜誌，就破口大罵。」讓他感到生氣的是，費特有一次給他寫信說：「請您購買我的燕麥吧，六盧布一噸……請允許我把虛無主義份子和豬一道送往法庭，因為他們踐踏了我的莊稼地……至於歐洲即便打破腦袋跟我也沒有關係！」

　　費特成了地主以後，實際上脫離了文學創作。這時候他在報刊上發表文章，只不過是狂熱地號召保護地主的私有財產，告戒農民和雇工不得侵犯地主的利益，對於號召社會進步的見解，他往往予以譴責或反對。契訶夫在他的日記中有一段記載絕非偶然：「我的鄰居謝苗科維奇告訴我說，他的舅舅費特‧申欣是著名的抒情詩人，他常常乘坐四輪轎式馬車，放下車窗的窗簾，經過莫霍瓦亞大街，沖著大學啐唾沫。一邊啐，一邊說：呸！車夫對他這種舉動已經習慣，因此趕車從大學旁邊經過，往往會停下來呆一會兒。」接近民主人氏的雜誌，提到費特的名字，往往表示極大的憤慨。著名批評家皮薩列夫在《無害幽默之花》雜誌上發表了一篇文章，對 1863 年出版的費特詩歌合集進行了總括性的評價，他以極其厭惡的口吻寫道：「隨著時間流逝，他的詩集會論普特出售，連做裱糊房間的壁紙都不配，只能做壁紙下邊的襯紙，再就是做包裝紙，用來包蠟燭，包乾酪，包熏魚。費特先生就以這種方式淪落到卑賤的地步，他也第一次用自己的詩歌作品給人們帶來了實際的用途。」而《俄

羅斯言論》雜誌的評論家跟皮薩列夫的論調一致：「這樣寫作，琢磨這樣的詩歌，跟許多商人數手指頭的愛好沒有多少區別……費特像鵝一樣高傲……」

大約有二十年之久，費特一心經營他的莊園：他修建了磨房，創建了一個大型養馬場，擔任鄉間民事調解法官將近十年。少有的閒暇時刻，都用來閱讀哲學書籍，尤其愛讀叔本華的著作。詩人寫道：「對於我說來，叔本華不僅意味著哲學當中最崇高的一級臺階，而且他還給我以啓迪，給予符合人性的答案，幫助我解決每個人心裡不由自主產生的種種疑惑。」他完全贊同叔本華的著名論斷：對於人和社會的變革，歷史無能爲力，所有的進步，其實都是海市蜃樓般的幻影，任何企圖改變人類生活制度的嘗試都毫無意義，毫無希望。費特認爲，生活中處於主宰地位的是苦難，而且永遠是苦難，因此藝術的根本宗旨就是擺脫凡人的「頭腦」裡的庸俗想法，寫作必須有充分的獨立性。費特在給康斯坦丁公爵的信中寫道：「人生目標明確，處處彰顯出自信的叔本華說過：『藝術和美使我們擺脫無窮欲望的痛苦世界，幫助我們進入純粹直覺的境界：人們觀賞西斯廷聖母像，聆聽貝多芬的樂曲，閱讀莎士比亞的作品並非爲了得到什麼職位，或者得到什麼利益……」

現在，費特只跟少數朋友保持著文學創作方面的聯繫。他在給列夫·托爾斯泰夫婦的信中寫道：「除了你們二位，我再也沒有別的讀者和評論者了。」托爾斯泰懷著同樣的心情給他回信：「您向來不談別的事情，就智力而言，在我所認識的熟人當中，我對您的評價最高，在私人交往中只有您一個人能爲我提供能使人充實的精神食糧。」在另外一封信中，托爾斯泰談到了《五月之夜》：「我收到了您的來信。拆開信，首先讀了您的詩，我不由得鼻子一陣發酸：我跑到妻子那裡，想讀給她聽，可

是感動的熱淚使我無法朗讀。這首詩屬於那種極其罕見的佳作，一個詞也不能增刪或者改動；它本身就是有生命的，而且美妙絕倫。它寫得那麼出色，因此我覺得，這不是偶然的詩作，而是長久被堵塞的那股水流的初次迸發……」1857 年 7 月 9 日，托翁在給評論家鮑特金的信中，對費特的詩作表達了由衷的讚歎：「費特的詩美極了。……像這樣的詩句：『空中，尾隨著夜鶯婉轉的歌聲，到處傳播著焦灼，洋溢著愛情。』真是美極了！像這樣大膽而奇妙的抒情筆法，只能屬於偉大的詩人，這個好心腸的胖軍官從哪兒來的這種本領呢？」

　　1873 年，費特平生期待的一件事終於得以實現了：沙皇最終答應了他的請求。平民費特經沙皇恩准，獲得貴族身分，成了有三百年歷史的申欣家族的後代。得知這一喜訊，申欣當天就給妻子寄了一封信，要求她立刻更換莊園裡的所有徽章標誌——大門口、餐廳裡、信箋上都有這樣的標誌。申欣寫道：「謝天謝地，當種種屈辱終於結束的一刻，你簡直難以想像，我對費特這個名字該有多麼痛恨。如果你不想讓我厭煩，懇求你對我永遠不要再提這個名字。要是你問我：怎麼描述所有的磨難與痛苦，我會回答：所有磨難與痛苦的名字——叫費特。旁觀者很容易觀察別人殘缺醜陋的生活，但是自己審視自己的殘缺醜陋就沒有那麼容易了……」

　　著名的文學傳記作家布赫什塔普寫道：「當了地主，經過一番張羅，獲得皇帝恩准，得到貴族身分，成為申欣家族的後代子孫，所有這些實現了費特從十幾歲就一直期待的夢想。不過，從早年就養成的深深的自尊心並沒有得到滿足，自尊心要求他在曾經走過的文學創作道路上取得新的成就。與此同時，有些熟悉他的朋友當著費特的面也毫不掩飾他們的疑惑，他們不明白他為什麼非要改換姓氏不可，有的朋友對他這樣做

直截了當地給予諷刺挖苦。比如，屠格涅夫就這件事給費特寫信說：『作為費特，您擁有自己的名字；作為申欣，您擁有的只是一個姓氏而已……』費特對所有這些言論置之不理，他以實際行動繼續追求榮譽。經過請求，在他從事文學創作五十周年的時候，居然得到了宮廷近侍的封號。一個身體有病的老頭子，不怕忍受煎熬，參加宮廷的接見儀式，還為宮廷近侍的稱號洋洋得意，在莫斯科炎熱的夏天，身穿宮廷近侍的制服走來走去，也不管那些場合是不是合適。」

依然是這個費特說過：「我從來就不明白，除了美，藝術還會對什麼感興趣。」

彼·伊·柴可夫斯基曾經寫道：「我認為他（指費特）無疑是個有才華的詩人，雖然這種才華尚有些微缺欠或不足，由此引發出某些奇異現象，使得費特偶爾也會寫出些莫名其妙的詩篇，出現敗筆之作……費特的詩歌當屬罕見的藝術現象；根本不可能把他跟俄羅斯或者外國的一流詩人進行比較。或許可以這樣說，費特在其創作最富靈感的時刻，常常能超越詩歌的界限，邁著勇敢的步伐跨進我們的領域，就是說進入了音樂王國。因此，說到費特，常常讓我想起貝多芬，有時候使我想起普希金，想起歌德、拜倫，或者想起繆塞。跟貝多芬一樣，費特具有天賦才華，擅長撥動我們深深隱藏的心弦，而藝術家，即便是強有力的藝術家，由於語言的局限，很難觸及人的心靈。費特不是通常意義上的詩人，應該說他是詩人音樂家。有些題材運用語言加以表現輕而易舉，費特對此似乎有意迴避。基於這種緣由，很多人常常不理解他的作品，某些先生甚至對他一再指責，肆意嘲諷，說什麼『請把我的心帶往歌聲響徹的遠方』之類的詩句純屬荒謬。缺乏想像力的人，尤其是不懂音樂的人，肯定覺得這詩句難以理解，毫無意義，——不過，在我看來，雖然費特

的詩歌不可能廣泛流傳，但他的天才卻勿容置疑。」

　　1892 年 11 月 21 日，費特在莫斯科去世。

意韻芳香見真純

── 費特抒情詩賞析

谷羽

　　阿方納西・阿方納西耶維奇，費特（1820-1892）是俄羅斯純藝術詩派的領袖。自然、愛情、藝術是其抒情詩的主旋律。詩人具有非凡的感悟能力，善於捕捉自然界與情感世界的微妙變化與瞬間差異，並用純淨、透明、優美的詩語加以表達。他的詩句極富音樂性，以致於大作曲家柴可夫斯基讚歎說：「費特君常常跨越詩的界限，進入我們音樂家的領域來了。」在政治鬥爭風起雲湧的時代，費特的詩曾經受到冷落。然而真正的詩歌藝術經得起歲月的淘洗與篩選。在詩人幾起幾落之後，現在俄羅斯人終於又承認了費特抒情詩的價值，承認費特是第一流的抒情詩人，承認他對俄國白銀時期象徵派和阿克梅派的詩歌具有直接而有益的影響。下面，我們選譯費特的四首抒情詩並略加分析，一起來領略這位詩人的風格與才情。

　　　　我來看望你向你祝福，

　　　　想訴說太陽已經東升，

　　　　溫暖的陽光照耀草木，

　　　　閃亮的葉子交相輝映；

　　　　想訴說森林都已蘇醒，

> 每條樹枝兒都在顫動，
> 每一隻鳥兒抖擻羽翎，
> 林中洋溢著春之憧憬；

> 想訴說我又一次來臨，
> 懷著依如昨日的赤誠，
> 為了你同時也為幸運，
> 時刻願獻出我的心靈；

> 想訴說打從四面八方，
> 向我吹拂著歡樂的風，
> 我不知歌兒該怎麼唱，
> 成熟的歌卻直撞喉嚨。

《我來看望你……》（1843）是費特的成名作。1843 年 7 月刊登在《祖國紀事》雜誌上。二十三歲的詩人當時還默默無聞，但這首詩卻引起了詩歌界的強烈反響。詩中飽滿充沛的情感，清新真摯的格調、詩節結構的勻稱，和諧流暢的音韻，給讀者留下了鮮明的印象。當時享有盛名的詩評家鮑特金寫道：「類似這樣的有關自然界春天感觸的抒情詩，在整個俄羅斯詩壇還從未見過！」他認為，費特抒情詩的核心是「春天的情感」，而「芳香的清新氣息」則是費特抒情詩的特徵。

這首詩歌既讚美春天，又呼喚愛情。春天原本就是戀愛的季節。與一般的情詩不同之處，是詩人不泛泛地抒發愛的追求。他寫的是初戀的歌。詩中的抒情主人公是第一次體驗愛情激動的年輕人。他對意中人尚

未蘇醒的愛發出了殷切的呼喚，這呼喚交織著傾慕、祈盼、羞怯與焦灼。愛情的歌兒已在心中成熟，卻唱不出口來，這種忐忑不安的矛盾心理，抒寫得細緻人微，眞實動人。

這首詩的結構實際上只有一句話，這是一個包涵著四個平行副句的主從複合句，緊隨第一行的主句之後，是四個以「想訴說」引起的副句，由此形成了四個對稱的詩節。前兩個詩節側重寫景，後兩個詩節重在抒情。從詩句的排列不難發現，費特對自然景物的觀察與描繪，採用了由總括印象到細部描述的藝術表達方式：先說太陽已經升起，再寫每一條樹枝的顫動，每一隻鳥兒的啼鳴，從而傳達出森林中渴望春天的意緒。這種意緒正好與抒情主人公的感情相呼應。

在這春意盎然的早晨，抒情主人公又一次來探望他所鍾情的少女。他懷著依如昨日的激情，準備再一次向姑娘傾訴愛慕。他甘願奉獻一顆赤誠的心，來自四面八方的歡樂的風給他以鼓舞，只是他仍然猶豫不決，不知道該不該把心中的秘密宣洩出來。顯然，他今天的舉止可能和昨天一樣，即乘興而至，卻在遲疑中失去勇氣。詩中雖然以排比方式四次出現了「想訴說」，但能否訴說，卻給讀者留下了懸念。詩歌結尾含蓄蘊藉，具有深長的回味餘地。

原詩採用四音步揚抑格，韻式爲 abab。譯文採用每行四頓，也押交叉韻，盡力傳達原詩的音樂性與風采。

《我來看望你……》使費特一舉成名，這首詩在俄羅斯世代流傳，幾乎是家喻戶曉。人們說，費特這首洋溢著春天芳香氣息的愛情詩，就像一朵含苞欲放的玫瑰，花瓣兒尙未完全綻開，因而愈加清麗動人。它表達了初戀者細膩微妙的情懷，說出了許多戀人想要表述卻又難以言喻的心緒。這自然會受到讀者的喜愛，因而衆口傳誦，歷久而不衰。

耳語，怯生生的呼吸，
　　夜鶯的鳴囀，
輕輕搖曳的夢中小溪，
　　銀色的波瀾，

月光溶溶，夜色幽冥，
　　幽冥無邊際，
迷人面龐變幻的表情，
　　神奇的魅力，

雲霄中，玫瑰的嫣紅，
　　琥珀般明亮，
頻頻親吻，珠淚盈盈，
　　霞光呀霞光！……

　　少男少女的初戀是純真聖潔的，美好的感情要在優美的環境裡傾訴，因此，花前月下，柳蔭溪畔，歷來是年輕人談情說愛的場地。費特的抒情詩《耳語，怯生生的呼吸……》（1850）表現的恰是戀人的純情。詩人以出神入化的詩筆描繪了一個晶瑩透明的美好境界。

　　夜鶯的鳴啼意味著時當夜晚，月光照耀溪水，波紋閃爍出銀色光斑。初戀的情侶耳鬢廝磨說著悄悄話，呼吸的怯生表明他們可能是第一次單獨相處，心裡尚有羞怯之感。「怯生生的呼吸」還透露出環境的幽靜，兩個人可以聽得見對方的呼吸。夜鶯在婉轉歌唱，溪流在輕輕搖盪，少

男少女如癡如醉，似清醒又似在夢境之中。月光溶溶，似情人的心境。
四目對視，面龐的喜悅，對未來的憧憬，種種表情煥發出神奇的魅力。
月亮慢慢落下去了，天色變得幽暗，不久，雲霄中泛出了玫瑰的嫣紅，
琥珀的明麗。太陽快出來了，滿天的霞光帶給情侶以興奮和歡樂，預示
著他們的未來無限美滿，他們怎能不頻頻親吻，怎能不珠淚盈盈呢？

短短十二行詩，抒寫了一對情人由傍晚到黎明的感情變化，由輕聲
絮語，怯生生的呼吸發展到熱烈的親吻，流出激動的淚水，他們的情感
在一夜之間得到了昇華。

值得指出的是，費特這首詩原作共三十六個詞，其中有二十三個名
詞，七個形容詞。四個連接詞和兩個前置詞，卻沒有一個動詞。譯文中
也儘量多用名詞和形容詞，而力避使用動詞。費特的這種無動詞藝術手
法，意在突出一個個畫面，頗像電影中的蒙太奇，連續剪接的鏡頭蘊含
著動感。畫面是靜止的，但畫面與畫面的交接與替換暗示時間的流動。
這種句法在我國的古典詩詞中也不難找出例證，如「雞聲茅店月，人跡
板橋霜。」又如「枯藤老樹昏鴉，小橋流水人家，古道西風瘦馬」等即
是。費特這種連用名詞的筆法，正是日後意象派意象疊加藝術手法的濫
觴。

就音韻而言，這首詩原作採用四音步與三音步交叉的揚抑格，即單
數行八個音節，偶數行五個音節，形成長短結合，活潑生動的節奏。譯
文取單行八字或九字四頓，雙行兩頓五字，以再現原詩的神韻。費特不
懈地追求音樂性，他的詩流暢和諧且音律多變，從這首詩中不難窺見其
藝術風彩之一斑。

又一個五月之夜

多美的夜色！溫馨籠罩了一切！
午夜時分親愛的家鄉啊，謝謝！
掙脫冰封疆界，飛離風雪之國，
你的五月多麼清新，多麼純潔！

多美的夜色！繁星中的每一顆，
重新又溫暖柔和地注視著心靈，
空中，尾隨著夜鶯那婉轉的歌，
到處傳播著焦灼，洋溢著愛情。

白樺期待著。那半透明的葉子
靦腆地招手，撫慰人們的目光。
白樺顫動著。像新娘面臨婚禮，
既欣喜又羞於穿戴自己的盛裝。

啊，夜色，你無形的容顏柔和，
無論什麼時節也不會使我厭倦！
情不自禁吟唱著最新譜就的歌，
我再一次信步來到了你的身邊。

　　費特擅長寫自然風光，擅長描繪夜色。《又一個五月之夜》（1857）
便是歷來受人稱道的名篇。「多美的夜色！」詩以讚美的口吻開始，第
一節抒寫五月之夜給予詩人的總的印象，總的感受。五月掙脫了冰天雪

地的疆界，展翅飛來，帶著新鮮純潔的氣息，用溫馨籠罩了山川草木，給詩人以春回大地的喜悅。詩人像見到了久別重逢的摯友一樣，由衷欣慰，不禁脫口而出，對家鄉的五月，道一聲「謝謝！」

　　第二節仍以「多美的夜色」開頭、但從視覺與聽覺入手，轉而具體描繪星光與友鶯。詩人抬頭仰望天空，只見繁星中的每一顆，似乎都在注視著他，想跟他傾心交談。此時，夜鶯的歌聲傳來，時起時伏，悠揚委婉、忽遠忽近，形成迴旋波動的音流，給人以遐思與聯想，使人萌生出希望與期待。美好的夜色豈能一人獨賞？愛情的渴求與焦灼實屬自然。

　　第三節以生動的比喻刻畫白樺。詩人渴望得到愛，有靈性的白樺似乎也有所期待。半透明的葉子輕輕顫抖，好像在向人招手。白樺亭亭玉立，宛如一個新娘，而新生的樹葉，恰似新娘的盛裝，對這參加婚禮的盛裝，既感欣喜，又羞於穿戴，這種嬌羞參半的心態寫活了新嫁娘，也寫活了五月之夜的白樺。

　　夜色、星空、夜鶯、白樺，栩栩如生地展現在讀者面前，引發出無限的美感。只有心地真純的詩人才能發現這種美。只有藝術高超的詩人，才能描摹這種美。費特熱愛俄羅斯，熱愛大自然，熱愛生活，熱愛五月之夜。每一個五月之夜都激發著他的靈感與詩情。他不止一次在五月之夜獨自漫步，譜寫了一支又一支讚美五月之夜的歌。「又一個五月之夜」的「又」字，就表達了詩人的這種深情。

　　大文豪列夫・托爾斯泰是詩人費特的摯友，他們二十多年保持著通信聯繫，並且經常互相訪問，作客聚談，托翁格外喜愛《又一個五月之夜》這首詩，尤其讚賞其中的兩行：

　　空中，尾隨著夜鶯婉轉的歌聲，

到處傳播著焦灼，洋溢著愛情。

　　托爾斯泰在給一位朋友的信中引用了這兩句詩，不無幽默地寫道：「像這樣大膽而奇妙的抒情筆法，只能屬於偉大的詩人，這個好心腸的胖軍官從哪兒來的這種本領呢？」費特滿臉絡腮鬍鬚，身體肥胖，與詩人的灑脫風度相去甚遠，難怪托爾斯泰會這樣與他調侃。當然，這友好的玩笑中蘊含著由衷的讚譽。

這清晨……

　　　　這清晨，這欣喜，
　　　　這晝與光的威力，
　　　　這長空澄碧，
　　　　這叫聲，這雁陣，
　　　　這飛鳥，這鳴禽，
　　　　這流水笑語，

　　　　這柳叢，這樺林，
　　　　這液滴，這淚痕，
　　　　這細微絨絮，
　　　　這峽谷，這山峰，
　　　　這蜜蜂，這昆蟲，
　　　　這哨音尖利，

這晚霞餘暉明麗，

這鄉村日暮歎息，

這夜晚失眠，

這臥榻悶熱幽暗，

這夜鶯嚦嚦鳴囀，

這都是春天。

1881

　　這是費特又一首有名的無動詞抒情詩，抒寫詩人在春天裡由清晨到夜晚的感受。清晨的欣喜與夜晚的無眠形成反差，抒發出詩人對明媚春光的眷戀。碧空如洗，使詩人體驗到白晝與晴光的威力，極目遠天，引出了雁陣、鳴禽，視覺連接聽覺，流水笑語，寫得自然天成。

　　詩人的目光細緻入微，他觀察柳叢樺林，也凝視樹枝上的液滴與絨絮；他遙望峽谷與群峰，也關注蜜蜂與昆蟲，而且聆聽空中的鴿哨，並能區分哨音的舒緩與尖利。

　　詩人熱愛春光，熱愛自然界的萬物，總想置身於自然，因而夜晚的臥榻帶給他的只是幽暗和躁熱，惟獨悠揚的夜鶯之歌帶給他一絲安慰，這夜鶯之歌引發遐想，詩人的心又回到了清爽的早晨。周而復始，內含一個環狀結構。

　　這首詩共分三個詩節，每節六行，第一、二、四、五行是長行，每行三音步；第三、六兩行是短行，每行兩音步，長短穿插，韻式為aabccb，除去韻腳，還採用了頭韻和內韻。全詩指示代詞「這」先後出現了二十五次，卻並不顯得重複煩瑣，倒是起了加重抒情口吻的作用，上

下連接，有一氣呵成之感，對語言和音韻的刻意追求，使得這首詩別具一格，很有特色。

　　作爲純藝術派的代表性詩人，費特追求詩歌藝術獨立的審美價值，他對功利主義和道德批判缺乏興趣。自然，愛情以及藝術這類永恆的主題是他關注的中心。不容否認，費特的抒情題材較爲狹窄，從中看不到重大的社會內容，但是，如果我們從審美角度來解讀他的詩歌，就不難發現那精美的藝術形式中所蘊含著持久的藝術魅力。

1998 年 7 月 16 日於南開園

原載《名作欣賞》1999 年 1 期

藝術家心靈相通

—— 費特與柴可夫斯基的忘年之交

谷羽

　　阿方納西・阿方納西耶維奇・費特（1820-1992）是俄羅斯純藝術派代表性詩人；彼得・伊里奇・柴可夫斯基（1840-1893）是俄羅斯天才的音樂家。兩個人年齡相差二十歲，可以說是兩代人。當費特已經在詩壇嶄露頭角的時候，柴可夫斯基才剛剛出生。雖然兩個人論年齡堪稱父輩與晚輩，但是對詩歌與音樂的愛好卻使他們相互欣賞，彼此接近，成了忘年之交。

　　柴可夫斯基創作了許多交響樂、協奏曲、管弦樂組曲，芭蕾舞劇《天鵝湖》堪稱他的代表作，不僅在俄羅斯盛演不衰，在歐洲也有深遠的影響。此外他還創作了一些歌劇，比如歌劇《葉甫蓋尼・奧涅金》和《黑桃皇后》，就取材於大詩人普希金的同名作品。這說明作曲家對文學的愛好，文學作品常常激發他的創作靈感。

　　柴可夫斯基也很喜愛俄羅斯抒情詩，其中特別推崇純藝術派詩人費特的詩歌。當時有位康斯坦丁大公，他本人也是詩人。柴可夫斯基在給這位大公的一封書信中談到了詩人費特。他寫道：

　　「費特君是個天才詩人，我認為這一點毋庸置疑……在其創作最富靈感的時刻，常常跨越詩歌固有的界限，邁著勇敢的步伐跨進我們的領域，就是說進入音樂王國了。……他不是通常意義上的詩人，應該說他

是詩人音樂家，有些詩歌主題在他看來，運用語言描述過於輕而易舉，因而有意回避，因此他常常受到誤解，甚至受到某些先生的嘲諷，有人挖苦他的詩句『請把我的心帶往歌聲響徹的遠方』寫得深奧晦澀，莫名其妙。對於才智平庸者，尤其是缺乏音樂天賦的人說來，費特的詩或許顯得深奧莫解，不過，在我看來，費特的不同流俗，恰恰證明了他的天才。」

　　書信中談到的「請把我的心帶往歌聲響徹的遠方」，是費特的抒情詩《給唱歌的少女》當中的頭一行，詩人巧妙地把聽覺感受轉化為視覺形象，運用「通感」的技巧強化詩歌的藝術感染力：

　　　　請把我的心帶往歌聲響徹的遠方，
　　　　　　憂傷像隱沒林間的月亮；
　　　　愛情的柔和微笑伴隨著聲聲歌唱，
　　　　　　映照你灼熱的盈盈淚光。

　　　　啊，姑娘！在看不見的漣漪之中，
　　　　　　我領會你的歌心馳神往：
　　　　沿一線銀色軌跡飄浮向上，向上，
　　　　　　我像影子晃動追隨翅膀。

　　　　你的歌聲閃爍著火光在天際漸熄，
　　　　　　似傍晚的彩霞溶入海洋——
　　　　我不明白在什麼地方，驀然之間，

無數珍珠流瀉琤琮作響。

請把我的心帶到歌聲響徹的遠方，
　淡漠的憂傷與微笑相仿，
我沿一線銀色軌跡飄浮向上飛翔，
　似影子晃動追隨著翅膀。

　　音樂與歌曲是無形的，轉瞬即逝，很難用文字給予把握與傳達。然而詩人費特卻知難而進，勇於挑戰，他把聽覺轉化爲視覺，把無形化爲有形，通過聯想、比喻、暗示等藝術手段，多角度、多側面地烘托少女的歌聲。「沿一線銀色軌跡飄浮向上」，「像影子晃動追隨著翅膀」，都在讀者面前展現出一幅情景交融的生動畫面，讓人透過視覺形象的美好，領悟少女歌聲的曼妙。而中國讀者讀了「無數珍珠流瀉琤琮作響」這樣出神入化的詩句，肯定會聯想起白居易《琵琶行》裡的「大珠小珠落玉盤」。

　　柴可夫斯基非常讚賞費特這首富有內在韻律的詩歌，欣然提筆，爲它譜曲，俄羅斯的音樂奇才與詩壇聖手珠聯璧合，共同培植出一株藝術的奇葩。

　　除了這首詩，柴可夫斯基還先後爲費特的其他抒情詩譜曲，比如《這可是你輕柔的倩影》，《躺在牧場的草垛上》，《求你不要離開我》，《我對你什麼也不想說》等等，這些都成了俄羅斯民世世代代傳唱不衰的經典歌曲。

　　作爲純藝術派詩人，費特堅持認爲，藝術的唯一目的就是追求美，他拒絕功利主義，遠離政治紛爭。詩人最擅長的是捕捉轉瞬即逝的場景，

洞察微妙變化的情感，以輕靈曼妙的詩句歌唱愛情、友情，讚美俄羅斯的自然風光。難怪他的詩能激發柴可夫斯基的創作靈感，優美的詩句，配上優美的音樂旋律，相得益彰，兩位藝術家合作，爲俄羅斯奉獻出藝術精品，這實在是俄羅斯音樂與詩歌愛好者的福氣。

　　1891 年，詩人費特七十周歲，柴可夫斯基五十周歲，詩人寫了一首抒情詩，贈送給他的忘年之交，祝福他年屆半百，詩人以此酬謝這位藝術知音：

我們的頌詩，親切的詩句，
　　本不想把他奉承；
豈料音樂轟鳴，詩人讚譽，
　　竟然違背了初衷。

由表及裡被他的琴聲感染，
　　深深震撼心靈，
興奮得無力分辨詩樂界限，
　　心情彼此相通。

既然如此，就讓我們的詩神
　　把樂師高聲讚頌，
讓他振奮，如酒杯泡沫翻滾，
　　像心臟歡快跳動！

　　這首詩決非通常的頌揚或庸俗的吹捧，它是詩人內心深處情感律動

凝鑄的樂章，是由衷的感歎與讚美，是優美的音樂喚起的優雅詩歌的回聲。這樣的作品必定能扣響讀者的心扉，使讀者更親近詩歌與音樂。

有句俗話說「文人相輕」。南開大學中華古典詩詞研究會著名學者葉嘉瑩先生對此反駁得好：「相輕的從來都是二流文人。杜甫詩句：白也詩無敵，飄然思不群；韓愈吟誦：李杜文章在，光焰萬丈長。何輕之有?!」信哉斯言！真正的藝術家從來都是心靈相通，惺惺相惜，彼此敬重的。費特與柴可夫斯基的忘年之交就是又一例最好的證明。

載南開大學報 2010 年 11 月 12 日第三版

托爾斯泰讚賞費特抒情詩

谷羽

　　俄羅斯的五月之夜，春意盎然，詩情洋溢。五月之夜，聯結著許多優美動人的故事。1857 年，《俄羅斯導報》發表了詩人費特（1820-1892）的抒情詩《又一個五月之夜》，主持雜誌評論欄的鮑特金把這首詩的手稿寄給了作家列夫·托爾斯泰。托爾斯泰對費特的詩極為讚賞，他在給鮑特金的回信中寫道：「費特的詩美極了……像這樣的詩句：『空中，尾隨夜鶯婉轉的歌聲，到處傳播著焦灼，洋溢著愛情。』簡直達到了美的極致！這位心地善良的胖軍官，哪兒來的這種美妙的抒情勇氣和卓越詩人的才情呢？」

　　阿方納西·阿方納西耶維奇·費特——是俄羅斯純藝術派的代表性詩人，他曾經多年在軍隊服役，滿面絡腮鬍鬚，身體肥胖，看外表根本不像個風度瀟灑的詩人，所以托爾斯泰開玩笑稱他為「胖軍官」。別看費特其貌不揚，他卻有與眾不同的追求。以涅克拉索夫為代表的公民詩人，關注社會題材，提倡「要做詩人，先做公民」。費特不同意他們的主張，他認為詩歌創作的宗旨就是追求美。詩人傾向於表現內心的感受。人與自然，愛情，友情，是他反覆吟詠的主題。

　　對於費特的詩歌創作，歷來褒貶不一，毀譽參半。有些人抨擊他題材狹窄，逃避社會鬥爭；有些人則推崇他詩思機敏，善於把握自然界的瞬間變化，擅長捕捉情感的微妙起伏，不愧是俄羅斯最有才華的抒情詩

人。俄羅斯白銀時代的象徵派詩人,更把詩人費特視為楷模與先驅。不過,爭論歸爭論,最有說服力的辦法還是閱讀作品。現在,我們就來欣賞深受託爾斯泰讚美的詩篇《又一個五月之夜》:

> 多美的夜色!溫馨籠罩了一切!
> 午夜時分親愛的家鄉啊,謝謝!
> 掙脫冰封疆界,飛離風雪之國,
> 你的五月多麼清新,多麼純潔!
>
> 多美的夜色!繁星中的每顆星,
> 重新又溫暖、柔和地注視心靈,
> 空中,尾隨著夜鶯婉轉的歌聲,
> 到處傳播著焦灼,洋溢著愛情。
>
> 白樺期待著。那半透明的葉子,
> 靦腆地招手,撫慰人們的目光。
> 白樺顫動著,像婚禮中的新娘,
> 既欣喜又羞於穿戴她的盛裝。
>
> 啊,夜色,你溫柔無形的容顏,
> 到什麼時候都不會使我厭倦!
> 我情不自禁吟唱著最新的歌曲,
> 再一次信步來到了你的身邊。

　　五月之夜的清新氣息，人們都呼吸過；夜鶯委婉的歌聲，很多人都聽到過；滿天繁星，剛剛鑽出嫩葉的白樺樹，很多人都看見過。可是有幾個人能像費特那樣，把眼中之景，化爲心中之景，再把心中之景，化爲筆下之景呢？而費特卻善於把細微的觀察，心中的才情凝聚於筆端，寫成詩篇，喚起他人的共鳴，道人人心中所有，寫人人口中所無，這就是詩人費特的過人之處。

　　詩人費特對自然界的微妙變化感覺特別敏銳，他的視力、聽覺、嗅覺，超乎尋常地機敏。空氣的清新，星光的柔和，夜鶯鳴叫聲的婉轉，白樺的微微顫抖，透明的毛茸茸樹葉，一一被他寫入詩篇。托爾斯泰引用的兩行詩句固然美妙，而以擬人化的手法描寫 5 月的白樺，把它比喻爲「婚禮中的新娘，旣欣喜又羞於穿戴她的盛裝」，描寫得惟妙惟肖，詩句同樣精彩，在俄羅斯抒情詩中前所未見！能道人之所未道，正是詩人創造力的體現。

　　詩人費特愛讀托爾斯泰的小說，小說家托爾斯泰欣賞費特的詩作，兩個人成了文壇的知音，20 多年保持友誼，往來書信不斷。1867 年 6 月 28 日，托爾斯泰寄給費特的信中有這樣的文字：

　　「親愛的朋友阿方納西‧阿方納西耶維奇，假如每次想念您，我就給您寫信，那麼，您每天都會收到我的兩封信，想說的話總也說不完……我們彼此友愛，正如您所言，我們都一樣用心靈的智慧進行思考……詩歌的力量就包含在愛心之中──這種力量的趨向取決於性格。沒有愛的力量就沒有詩……我對您依然滿懷期待，像期待一個二十歲的年輕詩人一樣，我不相信您會衰老。比您更朝氣蓬勃、更強健有力的詩人我還從未見過。您的詩思如泉水滔滔湧流，您提供給人們的一桶桶清泉水都包含著力量。」

十幾年以後，1870 年 5 月，費特把他剛剛寫完的另一首關於五月的詩寄給托爾斯泰，作家讀了朋友的新作，激動得熱淚盈眶。他在給朋友的復信中描述了自己的感受：

「親愛的朋友阿方納西·阿方納西耶維奇……我收到了您的來信，拆開信，先讀了你的詩，我的鼻子發酸，跑到妻子那裡，想讀給她聽，可是感動的熱淚使我讀不成句。這首詩屬於那種為數不多、一個詞也不能增刪改動的傑作；詩本身就具有生命，而且非常奇妙。這首詩寫得實在出色，因此我覺得，它並非偶然所得，而是長期被阻攔的水流，突破水壩的一次迸發……我希望您只朝拜繆斯。您詢問我對這首詩的看法，您肯定會料到，我能理解您的心意並為此感到幸福：您意識到這首詩是美妙的，並且意識到這首詩是從您的心裡脫化出來的，因此，這首詩就是您的化身。」

這首讓托爾斯泰感動落淚的抒情詩，題目是《五月之夜》，讓我們一起閱讀詩的譯文：

> 最後消失的一團烏雲，
> 　　飛過我們頭頂。
> 一片輕柔透明的雲絮
> 　　依近彎月消融。
>
> 春天施展神奇的魅力，
> 　　前額佩戴星星。

溫柔之夜，你曾允諾──
　　勞碌孕育歡情。

歡情何在？如同雲煙，
　　不在紅塵俗境。
隨它飛吧！禦虛淩空──
　　我們飛向永恆！

　　費特這首描寫五月之夜的抒情詩，依然純淨透明，詩中的意象，有
正在消失的烏雲，有逐漸消融的雲絮，有明亮的彎月，有夜空的星星，
都是五月之夜常見的景象。爲什麼托爾斯泰讀了這首詩，竟然會感動得
潸然淚下呢？這值得我們認眞思考。

　　與上一首詩《又一個五月之夜》比較，兩首詩的情調顯然不同，前
一首詩的基調是寧靜、喜悅，欣慰、滿足，而後面一首詩的基調則是寧
靜、失落、振作、追求。前一首詩內涵較爲單純，後一首詩的內涵則比
較深沉、複雜。如果說前一首詩像音調悠揚的小夜曲，那麼，後一首詩
則像喜憂參半、具有複調結構的奏鳴曲。

　　《又一個五月之夜》是情景交融的抒情詩，而《五月之夜》是在寫
景抒情之外，增加了哲理思考。五月曾經允諾，「勞碌孕育歡情」，就
是說，人世間的忙碌能夠換來幸福。但是，體現幸福的歡情在哪裡呢？
歡情猶如空中飄渺的雲煙，轉瞬即逝。人世間物欲橫流，嘈雜喧囂，無
處尋覓歡情與幸福。因此，詩人幻想跟隨 5 月之夜的流雲一起飛行，因
爲他知道：只有超脫物質世界，才能進入精神的永恆。

　　托爾斯泰讀了《又一個五月之夜》，感受到的是審美的愉悅，是「詩

歌的力量包含在愛心之中」。他讚賞詩作，給予詩人以善意的調侃，友好的誇獎；而讀了《五月之夜》，他卻鼻子發酸，熱淚盈眶，觸動作家心靈的，我以為，恰恰是這首詩的哲理思索，是精神追求，用托爾斯泰自己的話說，就是「用心靈的智慧進行思考」。

　　真正的詩人與作家，能夠超脫於物質享受的層面，嚮往心靈的淨化與提升，渴望馳騁想像，進入精神世界的浩瀚天地。對於他們說來，語言文字是思想的載體，方寸雖小，能包容世界，生命有限，人卻能「思接千載，視通萬里」。凝聚著真情實感的詩篇，記載著歷史風雲變幻的小說，其持久的藝術生命，正是詩人與作家生命的延續。

　　托爾斯泰為費特的《五月之夜》落淚，決非偶然，那是作家與詩人兩顆癡迷藝術的心相互碰撞激發出來的淚花，從這個角度著眼，詩人費特這兩首描寫五月之夜的抒情詩，帶給我們的，不止有詩意的馨香，更多了一份哲理探索的雋永。

載南開大學報 2008 年 1 月 15 日

譯後記：戴著腳鐐跳舞

　　作爲俄羅斯詩歌的愛好者與翻譯者，我想在這裡簡單回顧一下自己翻譯詩歌的經歷，談一談翻譯費特抒情詩的點滴體會。

　　至今還記得上大學期間，三年級（1963年）開了俄羅斯文學選讀課，主講老師曹中德先生畢業於莫斯科大學新聞系，他的父親是詩人曹葆華。曹老師文學修養深厚，講起俄語來非常流利，朗誦詩歌神采飛揚，極其生動。他爲我們挑選了許多俄羅斯詩歌，自己列印，隨堂發給學生，由此我們知道了普希金、萊蒙托夫、丘特切夫、涅克拉索夫、費特…… 曹老師帶領我們朗讀，爲我們分析詩歌的藝術特點和藝術手法，那時候我才記住了費特是俄羅斯純藝術派詩人……

　　大學畢業後留校當了老師，正趕上「文革」，借用萊蒙托夫一句詩來形容：荒廢了金子般的青春歲月。七十年代初開始給工農兵學員上課，課餘時間嘗試翻譯詩歌，得到我們老系主任李霽野先生的指點，他告訴我說：「文學翻譯難，詩歌翻譯更難，必需反覆推敲，精琢細磨。你該記住兩句話：一是對得起作者，二是對得起讀者。」師長的諄諄教誨，銘刻在心，多年不敢忘記。

　　1980年去武漢大學參加「馬雅可夫斯基詩歌研討會」，有幸認識了高莽先生，此後多年得到先生的扶植、提攜、幫助與鼓勵。他主編《蘇聯當代詩選》、《蘇聯女詩人抒情詩選》、《普希金抒情詩全集》，都爲我提供了翻譯俄羅斯詩歌的機會。通過高莽先生的介紹，我還認識了許多翻譯俄羅斯詩歌的先輩，孫繩武先生，盧永福先生，丘琴先生，顧

蘊璞先生，從他們的言談和譯著當中獲得教益匪淺。

在翻譯普希金詩歌的過程中，我仔細閱讀了查良錚先生的譯本，通過對照原文，對比他的初譯本和修訂本，體會到了先生譯詩的原則、方法與追求。他把詩歌的音樂性提到了應有的高度，認為音韻節奏是表達的利器，主張發揮母語的潛力與韌性，駕馭語言要靈活大膽，強調譯詩者的文化素養，認為譯詩同樣需要靈感與激情。查良錚先生在逆境中堅持譯詩，反覆修改，精益求精的精神，堪稱詩歌翻譯家的楷模與典範。

查良錚的老師是聞一多先生。聞先生宣導詩歌創作應具有音樂美、繪畫美、建築美。他在《詩的格律》一文中指出：「詩的所以能激發情感，完全在它的節奏；節奏便是格律。因難見巧，愈險愈奇……這樣看來，恐怕越有魄力的作家，越是要戴著腳鐐跳舞才跳得痛快，跳得好。只有不會跳舞的才怪腳鐐礙事，只有不會作詩的才感覺得格律的束縛。對於不會作詩的，格律是表現的障礙物；對於一個作家，格律便成了表現的利器。」

寫詩如此，翻譯詩歌亦當如此。聞一多先生的見解，查良錚先生的譯詩經驗，為我指明了努力方向。我多年譯詩，堅持以詩譯詩，以格律詩譯格律詩，盡一切努力傳達原作的形式特點與音樂性。

我翻譯費特抒情詩，斷斷續續，前後將近二十多年。作為俄羅斯純藝術派的代表性詩人，他的詩是嚴謹的格律詩，特別講究節奏韻律的變化，外在形式的調節與安排。我覺得翻譯他的詩，除了忠實地傳達意象與內容，必須盡最大努力傳達原作的音樂性，再現原作形式精美的特點。為此，我採用以「頓」對應音步的方法，力求再現原作詩行的節奏感。在韻腳安排方面，力求接近原作的韻式，四行詩節，依照原作押交叉韻abab，難以達到的，退而求其次，偶行押韻；五行詩節，原作韻式為abaab 或 abbab，六行詩節，原作韻式為 aabccb，也一律給予傳達再現。總的目標是盡力接近原作風格，再現原作神采。至於能否達到理想的高度，得失成敗，只能留待讀者與行家的指教了。

編成費特譯詩集後，壓在手邊將近十年，長期難以出版。2008 年 8 月到台北中國文化大學擔任客座教授一年，其間結識了呂正惠先生，兩次數小時的暢談，非常投緣，實有相見恨晚之歎。正是呂先生的鼎立支持，這本譯詩集才有了面世的機會，內心的感激決非一句「謝謝！」足以表達。我知道呂先生愛好俄羅斯文學，也很欣賞純藝術派詩人費特的詩歌。我們共同的心願，是為讀者提供一個新的譯本，讓愛好詩歌的朋友多一次機會，聆聽優美曼妙的俄羅斯歌聲，領略費特筆下流瀉的月光、閃爍的星光、柔和的燈光，感受他的真誠與愛心，僅此而已，是為譯後記。

谷羽記於南開大學龍興里

2010 年 9 月 8 日早晨

2011 年 4 月 21 日修改

國家圖書館出版品預行編目資料

在星空之間—費特詩選 /（俄）費特著；谷羽
　譯. -- 初版. -- 臺北市：人間, 2011. 10
　面；　公分. --（外國文學珍品系列；4）
　ISBN 978-986-6777-38-7 （平裝）

880.51　　　　　　　　　　　　100016776

外國文學珍品系列4

在星空之間
——費特詩選

著◎（俄）費特

譯◎谷羽

出版者　人間出版社

發行人　呂正惠

社長　林怡君

地址　台北市長泰街59巷7號

電話　02-2337-0566

郵撥帳號　11746473 人間出版社

排版印刷　龍虎電腦排版股份有限公司

電話　02-8221-8866

登記證　局版台業字第三六八五號

初版　2011年10月

定價　新台幣200元